彼が自身の唇の端を舐め、欲情のにじんだ声でつぶやく。

「やばいな。こんなにグズグズになるなんて、可愛すぎだ」

「あ……っ！」

深く腰を入れ、両方の太ももを押さえながら
何度も突き上げられて、芹香は嵐のような律動に耐える。

わたしたち、契約夫婦ですが毎晩愛し合っています!?

～御曹司の甘い策略婚～

西條六花

Vanilla文庫Miel

contents

わたしたち、契約夫婦ですが毎晩愛し合っています!?

御曹司の甘い策略婚

イラスト／赤羽チカ

第一章

――ミーティングルームに呼ばれたのは今月三度目で、覚悟はしていたつもりだった。

しかし実際に上長から「そろそろ決断してもらっていいかな」と言われるとショックが大きく、しばらく沈黙した平木《ひらき》芹香《せりか》は、重苦しい思いでついに退職を了承する。

「……わかりました。辞めます」

「そうか。いやあ、君が決断してくれて助かったよ。これまで会社に大きく貢献してくれたのはよくわかっているが、人員削減は上の判断だからしょうがなくてね」

それから仕事の引き継ぎや退職金についてなどをいろいろと言われた気がするが、詳しいことは覚えていない。

ミーティングルームを出た芹香は、オフィスに向かって歩きながら拳を強く握りしめた。

（悔しい。仕事上で何かミスをしたわけじゃないし、むしろ鈴木《すずき》さんが産休でいない分の皺《しわ》寄せを引き受けてきたのは、わたしだったはず。それなのに真っ先にリストラされるな

んて)

佐渡谷《さどや》エンジニアリングは建設プロジェクトにおけるスケジュール管理やコスト管理、情報管理などを行う会社で、業界内では中堅企業だ。

だが昨今の資材の高騰と人手不足などに伴う建設コストの上昇で受注が激減し、業務縮小を余儀なくされたらしい。大阪《おおさか》本社以外に全国に六つある支店を四つに統合し、従業員のリストラが実施されるという話は数ヵ月前に聞いていたが、まさかそれが東京《とうきょう》支社勤務の自分の身に降りかかるとは思わなかった。

芹香は入社五年目の二十七歳で、これまで営業部の管理業務に従事してきた。作業指示書や報告書の作成、電話や来客の対応と建物の写真撮影、工事の進捗《しんちょく》状況の確認やスケジュール調整などを行い、営業所内の社員たちとの関係も良好だ。

一年前からは産休に入った同僚の鈴木のフォローで多忙になり、二人分の仕事をこなすようになって精神的にも肉体的にもきつい状態だったものの、ミスをしたことは一度もない。だがあまりの業務量を見かねた部長が二人の新人を入れたのが、芹香にとって運の尽きだったのだろう。

彼女たちが入社したのは会社が人員削減を決定する少し前のため、採用したばかりの人間にリストラを勧告するわけにいかないのはわかる。本当は二ヵ月後に産休から復帰する予定の鈴木を退職させたいのだろうが、世間では近年マタハラが問題視されており、もし彼女が拒否して大騒ぎすれば面倒なことになりかねない。

そのため鈴木も対象にしづらく、消去法で芹香に白羽の矢が立ったに違いない。

（新人の辻《つじ》さんは部長の姪《めい》で、会田《あいだ》さんは支社長の紹介。どっちもやる気がなくて二人でお喋《しゃべ》りばかりしてるけど、縁故採用だからそもそもリストラの対象になってないんだろうな。つまりわたしが、一人で貧乏くじを引いたことになる）

今月に入ってから人事部による全社員の面談が実施され、初回は人員削減の概要の説明で、芹香は自分がその対象になっているとは感じなかった。

しかし二回目は「今の管理業務の人数は、他の支社に比べて多すぎる」「だが新しく採った辻さんと会田さんに退職を促すことはできない」と言われ、不穏な雰囲気を感じた。

極めつきが、今日だ。「産休から復帰する鈴木さんを辞めさせれば、マタハラと言われかねない」「こっちが言いたいこと、君ならわかるよね」と圧力をかけられ、これ以上気づかないふりはできないと判断した芹香は、結局退職を了承した。

オフィスに戻ると、集まって話していた数人の営業マンと社員たちが一斉にこちらを見る。芹香が自分の席に着いてパソコンの電源を入れると、会田が笑顔で話しかけてきた。

「平木さん、部長の面談って何だったんですかー？　もしかしてリストラの話とか」

二十三歳の彼女はメイクもネイルもばっちりで、外見を飾ることに女性としての価値を見出《みいだ》している。

入社当時から芹香に対して妙なライバル意識を抱いていて、丁寧でありながらもどこか小馬鹿にしたような口調で話すのが常だった。辻は表立ってはこちらに何も言ってこないものの、会田に迎合した態度を取っており、若手の営業マンたちは若い彼女たちをちやほやしている。

芹香はやりかけだった作業指示書のフォーマットを呼び出しながら、会田に向かって言った。

「わたし、来月半ばで退職することになったの。最後の二週間は有休を使うから、実質今月末までかな」

「えー、そうなんですか。大変ですねえ、このご時世で職を失うだなんて。でも平木さんの年齢なら、新しく就職先を探すよりいっそ結婚しちゃったほうがいいような気がしますけど、そういうお相手はいらっしゃらないんですか？」

無邪気を装って失礼な発言をする彼女に対し、芹香はニッコリ笑って答える。

「わたしにつきあっている相手がいようがいまいがあなたにはまったく関係のない話だし、同性同士でもそういう言い方は失礼に当たるから、社会人として気をつけたほうがいいよ。

それからわたしが退職したあと、鈴木さんが復帰するまではあなたと辻さん二人で管理事務をやらなきゃいけないんだから、そうやってお喋りしている暇はないんじゃないかな」

「えっ」

「わたしの退職後に仕事の内容でわからないことが出てきても、他に聞ける人はいないんだから、今のうちにしっかり覚えておかないと大変になるって言ってるの。わかったら席に着いて、朝に頼んだ作業をして。今は休憩時間ではないでしょ」

営業マンたちが気まずそうにその場を離れ、会田と辻が渋々自分の席に着く。

芹香は内心ため息をつき、パソコンのディスプレイを見ながらこれからのことを考えた。

(次の仕事を探すのも大変だけど、それより社員寮を出なきゃならないのがネックだな。急ピッチで新しい住まいを探さないと)

入社以来、芹香は佐渡谷エンジニアリングの社員寮に住んでいて、相場よりはるかに安い住居費で生活できていた。

しかし退職するなら、その日までに寮を出なければならなくなる。おまけに失業保険の申請や年金、社会保険の手続きなどもあり、頭が痛かった。

その日、午後六時に退勤した芹香は六本木《ろっぽんぎ》のイタリアンダイニングに向かう。大学時代の友人の結婚が決まり、そのお祝いで集まることが一週間前から決まっていたからだ。

（本当はそんな気分じゃないけど、当日にキャンセルするのもあれだから仕方ないよね。お祝いに水を差すのも何だし、わたしがリストラになったことは言わないでおこう）

そう考えた芹香は、その日の集まりでことさら明るく振る舞う。

結婚が決まった友人はいかにも幸せそうでキラキラ輝いており、そんな相手がいない芹香はうらやましくなった。やがて解散となり、何となく飲み足りなく感じて、近くにあるバーに足を向ける。明日も平日で仕事があるものの、飲まずにはいられない気分だった。

（えっと、どこだったかな。前に何度か来たことがあるはずなんだけど）

七月半ばの東京は、日中の気温が連日三十五度を超えており、夜になってもひどく蒸し暑かった。

記憶を頼りに歩いていた芹香は、ときどきビルの看板を見上げていたため、前方不注意になっていたらしい。

ふいに人にぶつかってしまい、「あっ」と声を出してよろめいてしまう。その瞬間、二の腕をつかまれてドキリとして顔を上げた。

「すみません、大丈夫ですか」

咄嗟《とっさ》に腕をつかんでくれたのは、二十代後半の青年だった。涼やかな目元ときれいに通った鼻梁《びりょう》、すっきりとした輪郭が目を引き、無造作な感じでスタイリングされた髪がよく似合っている。

白のインナーに黒のジャケット、テーパードパンツという恰好《かっこう》は程よくカジュアルで、手首に嵌《は》められた高級時計が目を引いた。滅多にいないほど顔立ちが整った男性を前に、芹香はどぎまぎしながら謝罪する。

「す、すみません。前をよく見ていなくて」

「いえ」

彼がふと何かに気づいたようにまじまじとこちらを見つめてきて、芹香はその視線にたじろぎつつ会釈をして通り過ぎる。しかしすぐに背後から声をかけられた。

「──もしかして、平木さん？」

「えっ」

「私立A校に通ってなかった？」

かつて通っていた高校の名前を出され、芹香は驚きながら振り返る。

「そうですけど……」

「俺、同じクラスだった新堂《しんどう》千秋《あき》」

それを聞いた芹香は、目まぐるしく考える。

確かにその名前には、聞き覚えがある気がする。しかし目の前の男性はスラリと背が高く、道行く女性が振り返るほど整った容姿をしていて、一度目にしたら忘れられないような鮮烈な印象の人物だ。

しかし高校時代の同級生を思い浮かべても該当する人物はおらず、混乱しながらつぶやく。

「えっと……名前には聞き覚えはある気がするけど、よく思い出せなくて。何年生のときだった？」

「二年のとき。平木さん、三組だっただろ」

「う、うん」

「俺、高校のときとはだいぶイメージが変わったと思うから、顔を見て思い出せないのは無理ないかも」

それから当時の担任の話や修学旅行のときに起きたトラブルなど、同じクラスでなければわからない内容を聞くうち、芹香は新堂がかつての同級生だったのは疑いようがないという確信を得る。

彼がこちらを見下ろして問いかけてきた。

「平木さん、どっか行く途中だったの？」

「うん。大学時代の友達の結婚祝いでさっきまで飲んでて、飲み足りないなーと思ってお店を探してたんだけど。店名がなかなか思い出せずに看板を見ながら歩いてたら、新堂くんとぶつかっちゃって」

「じゃあ、一緒に軽く飲み直す？」

断る理由はなく、芹香は頷《うなず》く。

新堂が連れていってくれたのは、そこから数分歩いたところにあるシックな雰囲気のバーだった。黒を基調としたスタイリッシュな空間で、店内には現代アートのオブジェがあちこちに置かれており、都会的で洗練されている。

（高級感があって、素敵なお店。新堂くん、いつもこんなところで飲んでるんだ）

見たところかなり高級な店だが、彼はまったく臆することなく慣れたしぐさでカウンターに座る。

そして芹香はジンフィズ、新堂はスレッジ・ハンマーをオーダーし、乾杯した。

「新堂くん、さっきあそこを歩いてたのって、何か用事があったの？」

「平木さんと同じだよ。人と会ってて、飲み足りなくて次の店に行こうとしてた」

しばらく高校時代の話で盛り上がり、少しずつ彼がどんな人物だったのかを思い出した芹香は、やがて信じられない思いでつぶやいた。

「こんな言い方をしたら気を悪くするかもしれないけど、新堂くんって高校のときすごく地味じゃなかった？　前髪が長くて顔の半分くらい隠してて、人前ではほとんど喋らないみたいな」

「ああ、うん。そう」

あっさり答えた新堂が、グラスの中の氷を揺らして言葉を続ける。

「大学時代に、友達の勧めでイメチェンしたんだ。だから陰キャだった高校時代の面影はまったくないだろ」

「うん。正直言って、今の姿が信じられない。何の仕事をしてるの？」

「フリーのＩＴエンジニア。元々は証券系のSIer《エスアイヤー》、つまり社内の開発プロジェクトやシステムの運用、保守業務を請け負う企業で働いてたんだけど、二年前に独立してフリーランスになったんだ。今はクライアントの要望に応じて、企業のシステム構築や運用、コンサルティングまで請け負ってる」

彼は見た目こそイケメンであるものの、話し方は温度が低く淡々としており、高校時代を彷彿《ほうふつ》とさせる。

聞けば新堂は中学生の頃からパソコンを弄《いじ》るのが好きで、自分でコードを書いたりしていたらしい。現在はクライアント企業の要望に応じ、新サービスの立ち上げや多様な開発に関わっているのだそうだ。

彼に「平木さんは？」と問いかけられた芹香は、一瞬ぐっと言葉に詰まって答えた。

「わたし……実は今日、リストラ勧告を受けたの」

「えっ」

手元のグラスの中身を勢いをよく飲み干した芹香は、カウンターの中に立つバーテンダーに「スカイダイビングをください」とオーダーする。

そしてリストラに至る経緯を説明した。――会社が業務縮小を決定し、二つの支店が閉鎖されること。それに伴って人員削減が実施されるという告知があったが、東京支店では自分に白羽の矢が立ってしまったこと。

「わたし、産休に入った同僚の分の仕事もして頑張ってきたつもりだったんだ。部長がその負担を軽減するために新人を二人採用してくれたのはいいんだけど、その直後にリストラ案が出てしまって。産休明けで戻ってくる同僚と、採用したばかりの新人二人には辞めろとは言えない、でも管理事務は人数が多すぎるってことで、わたしが退職を勧められたの」

改めて言葉にすると、ふつふつと悔しさがこみ上げてくる。

芹香は青いカクテルが入ったショートグラスを手の中に握り、言葉を続けた。

「これまで一生懸命やってきて、仕事でも何かミスをしたわけじゃないのに、退職するように圧力をかけられたのがすごく悔しい。新人の子たちは支社長と部長の縁故採用で、いつもお喋りばっかりしてるのに、そんな子たちよりわたしが切り捨てられる対象になったんだって思うと……飲まずにはいられないよ」

そう言ってホワイトラムとブルーキュラソー、ライムジュースでできた中辛口のカクテルをぐいっとあおると、新堂が考え込みながら言う。

「確かにそれは悔しいな。たぶん産休明けの社員をリストラ対象にしたら外聞が悪いと考えて、消去法で平木さんになったってことだろ」

「三度目の面談で部長から『そろそろ決断してもらっていいかな』って言われたとき、すごく惨めだった。これまで積み重ねてきたキャリアは何だったんだろう、わたしってそんなに無能なのかなって考えて。会社の寮を出るから新しい住まいを探さなきゃいけないし、いろんな手続きをする傍《かたわ》ら就職活動もしなきゃいけないしで、もうさんざんだよ」

それに加えて先ほどは結婚が決まった友人のキラキラした笑顔を目の当たりにし、余計に惨めさが募った。

そう説明した芹香は、やけくそのようにどんどん杯を重ねる。それをよそにマイペースで強い酒を飲んでいた彼が、しばらく沈黙したあとで口を開いた。

「――よかったら、俺が再就職先を紹介しようか」

「えっ？」

「何なら住まいもすぐに用意してあげられる。麻布十番《あざぶじゅうばん》にある、三階建てのレジデンスだ。明日引っ越してきてくれても構わない」

　突然の申し出に目を白黒させ、芹香は新堂に問いかける。

「話がまったく見えないんだけど、それって一体どんな職種なの」

「資産管理会社だよ。代表取締役は俺、他に役員はいなくて、経理関係は外部の公認会計士に委託してる」

「で、でも、さっき仕事はフリーのエンジニアだって言ってたよね？」

「うん。それとは別に、今月に入って資産管理会社を立ち上げたんだ」

　彼がバーテンダーにウイスキーのロックを注文したあと、こちらを見て説明する。

「実は俺の家は、代々資産家でさ。大きなグループ会社を経営してたんだけど、俺はその経営にタッチせず好きな仕事をしていた。でも父親が急に亡くなって、遺産を相続したんだ。母親は俺が中学時代に離婚してるから、財産は一人息子の俺がすべて引き継いだ形になる。預金や不動産に加え、会社の株も売却したからかなりの金額になって、節税対策のために資産管理会社を設立した」

　新堂いわく、資産管理会社とは多額の資産を所有している人がそれを管理するのを目的に設立する法人のことで、一般的な企業とは異なるのだという。

彼が言葉を続けた。

「今のところ役員はいなくて、会社は俺一人だ。だから平木さんさえよければ、秘書として雇ってあげられるんだけど、どうだろう」

思わぬ提案に面食らいながら、芹香は新堂を見つめる。

「それはすごくありがたいお話だけど……わたしは秘書検定とか持っていないし、今までの職種は畑違いだから、新堂くんの役に立てるかどうかはわからないよ。どうせ雇うなら、ちゃんとした人を募集したほうがいいんじゃない?」

そんな芹香の言葉に、彼がチラリと苦笑いして答える。

「俺はどっちかっていうとコミュ障なほうだし、ちょっと人間不信気味だから、傍《そば》に置く人は選びたい性質《たち》なんだ。平木さんはリストラされて困ってるっていうから、タイミング的にどうかと思ったんだけど――……」

新堂がふいにじっとこちらを見つめてきて、その視線の強さに芹香は思わずドキリとする。

昔はもっさりした前髪でよくわからなかったが、現在の彼は本当に顔立ちが整った男だ。まるでモデルか俳優のように見える新堂と正面から目が合ってしまい、慌てて視線をそらそうとした瞬間、彼が思いがけないことを言う。

「平木さん、いっそのこと俺と結婚しない？」

「へっ？」

「ああ、本気のじゃなくて、あくまでも〝ビジネス〟として。俺にとっては一石二鳥にも三鳥にもなるし、君は俺の配偶者になれば生活にかかる金がすべて浮く上、資産管理会社の役員としての報酬ももらえる。つまりお互いがウィンウィンな関係なるんだけど、どうだろう」

いきなりのプロポーズに、芹香は啞然《あぜん》として新堂を見る。そしてすぐに噴き出して答えた。

「新堂くんって、そういう冗談が言える人なんだ。でも本気で取られたら面倒なことになるから、気をつけたほうがいいよ」

「冗談じゃなく、至って本気だよ。あ、もしかして今つきあってる人とかいる？」

「い、いないけど」

彼の表情が真剣に見え、芹香は慌てたった今言われたことを頭の中で反芻《はんすう》する。

どうやら新堂が資産家の息子で、父親から引き継いだ遺産を管理するために会社を設立したのは本当らしい。他に社員がおらず、失業が確定した芹香を気の毒に思って秘書として雇うことを提案してくれたのは素直にありがたいが、問題はそのあとだ。

再就職先の斡旋《あっせん》が、なぜいきなり〝ビジネスで結婚する〟という話になるのだろう。芹香は酒の席での戯言《ざれごと》かもしれない可能性を考慮しつつ、彼に問いかける。

「えーと、突っ込みどころが満載だけど、ひとつひとつ質問していくね。まずその資産管理会社とやらだけど、一体どのくらいお金があるの」

「ざっと一〇〇億円くらいかな」

「ひゃ、一〇〇億？」

思わずぎょっとして新堂を見ると、彼は頷《うなず》いてあっさり答えた。

「資産の内訳としては、不動産と現金、あとは美術品や車ってところだ。株や不動産投資のおかげで、相続したときより少し増えてる」

「…………」

「何で資産管理会社を設立したかっていうと、資産を個人で所有するのと法人で管理するのとでは、課税される税金や税率に違いがあるからなんだ。会社設立でもたらされる節税効果は、個人に比べて段違いに大きい」

新堂いわく、法人設立の一番のメリットは配偶者や親族を雇用することでさらなる節税が可能である点だという。

例えば一人で所得を得ると累進課税による莫大な所得税が課されるが、役員報酬を支払えば所得が分散され、所得税率の上昇を抑えることができるらしい。

あまりに別世界の話に混乱しつつ、芹香は重ねて問いかける。

「何となくわかったけど、それがどうしてわたしと結婚することになるの」

「配偶者ならばすんなりと役員にできて、君がただの秘書でいるよりも多くの報酬を支払えるからだ。何より俺自身が煩《わずら》わしさから解放される点が大きいかな」

新堂がグラスの中身を一口飲み、言葉を続ける。

「これは自慢だとか誤解しないでほしいんだけど、大学時代に友人の勧めでイメチェンして、大企業の社長の息子だっていう話がいつのまにか知られるようになってから、容姿と金目当てで寄ってくる女が増えたんだ。俺が地味だった頃はまったく見向きもしなかったくせに、いきなり手のひらを返して媚《こ》びてくるのは、本当に気分が悪いよ。結局俺の外側しか見てないんだなって感じて」

確かに彼は高校時代とはガラリと印象が変わり、まるで別人だ。

これだけの容姿でしかも資産家の一人息子なのだから、世の女性が放っておかないのも無理はない。そう思いながら、芹香は「でも」と口を開く。

「新堂くんの言うことは理解できるけど、世の中の半分は女性なんだし、スペックだけじゃなくて内面を見てくれる人もいるんじゃない？　わざわざ元同級生にすぎないわたしなんかに持ちかけなくても」

「そうじゃないから辟易《へきえき》してるんだよ。父親が亡くなってからはあちこちから持ちかけられる縁談の数が増えて、パーティーや会合に出れば既成事実を作ろうと迫ってくる女性ばかりで、心底うんざりしてる。そういう人間にはきっと俺の顔が金に見えてて、あわよくば自分のものにできると考えてギラギラしてるんだろう。でも平木さんと結婚すればそうした連中と接する煩わしさから解放されるし、配偶者として資産管理会社の役員になってくれれば一石二鳥だ」

要は節税のためにできるだけ会社の役員を増やしたいものの、信用できる人間がなかなかおらず、難航しているということらしい。新堂が「だから」と言って、芹香を見た。

「平木さん、俺と結婚して役員になってよ。君の生活費を保障する上、住むところも心配しなくていい。数年経《た》ってほとぼりが冷めた頃に離婚したい場合はそれに応じるつもりだし、好きな人ができた場合はその気持ちを尊重する。平木さんは俺の秘書として資産管理会社の仕事をサポートする傍ら、必要があれば対外的に妻を演じてほしい。そういう契約でどうだろう」

芹香の心臓が、ドクドクと音を立てる。

もしかしなくても、自分は今とんでもない提案をされているのではないか。そんなふうに考えつつ、どうしても気になって彼に問いかけた。

「えっと……新堂くん、『信用できる人間がなかなかいない』って言うけど、わたしもついさっき再会したばかりだよ。人間性もよく知らずにそんな話を持ちかけるの、すごくリスキーじゃない？」

「平木さんのことは、信頼してるから」

「でもわたしたち、高校のときは全然接点がなかったよね？」

するとと新堂が眉を上げ、ふっと笑ってポツリとつぶやいた。

「……そっか。平木さんは全然覚えてないんだな、俺のこと」

「えっ？」

「何でもない。俺は当時の記憶や今こうして話してる感じから、君が信頼できる人間だと思うからこそ〝ビジネス〟の話を持ちかけてる。ただこんなことをいきなり言われてもすぐに決断できないだろうから、何日か考えてくれていいよ」

そう言って彼が胸ポケットから名刺入れを取り出し、一枚差し出してくる。

「これ、俺の名刺。携帯番号とアドレスが書いてあるから、どうするか決まったら直接電話するかメールして」

「う、うん」

「今日はこれで帰る。――じゃあ、また」


その日、電車で社員寮まで戻りながら、芹香は新堂に手渡された名刺を見つめてじっと考えた。

（〝新堂アセットマネジメント株式会社　代表取締役　新堂千秋〟――会社の事業内容には、資産管理法人って書いてある。ということは、新堂くんが大金持ちでそれを管理するための会社を設立したっていうのは本当のことなんだ）

資産総額を聞いたとき、彼はさらりと「一〇〇億円くらいかな」と答えていたが、とんでもない金額だ。

高校時代の新堂は目立たない生徒で、資産家の息子だという雰囲気は微塵《みじん》もなかった。しかしスマートフォンで検索してみると、新堂コーポレーションを中核とする合計四十社のグループ一覧が出てきて、想像以上に大企業であることがわかる。

概要には四ヵ月前にＣＥＯの新堂裕之《ひろゆき》氏が死去し、それまで専務だった人物がトップの座に就任したことが書かれていた。経営にまったくタッチしていなかったという新堂は父親から相続した自社株を専務か会社に買い取ってもらい、それ以外の資産を相続したということなのかもしれない。

（彼の会社にはスタッフが誰もいないから、わたしに秘書になって仕事を手伝ってほしいっていうのは、まあわかる。でも結婚するなんて、本気で言ってるの？）

先ほどの話を聞くかぎりでは、彼は財産目当てで寄ってくる女性に心底辟易しているらしい。

あれほどの容姿で資産家なら、女性が目の色を変えて近寄ってくるだろうことは容易に想像がつく。しかしだからといって、そういう人間を遠ざけるために偽装結婚するのは、はたして正しいことなのか。

グルグルと考えていたせいか熟睡できず、翌朝は三十分ほど寝坊してしまった。慌てて身支度をしてどうにか遅刻せずに出勤できたものの、オフィスに入るなり社員たちがチラチラと微妙な視線を向けてくるのに気づいた芹香は、「ああ、そうか」と考えた。

（わたしがリストラされる話が、もう皆に知れ渡ってるんだ。きっと会田さんたちが言いふらしたんだろうな）

入社して五年、これまで他の社員たちとは上手《うま》くやってきたつもりでいたものの、彼らの態度が一気によそよそしくなった感じがして芹香は何ともいえない気持ちになる。

そして「自分は本当にこの会社を辞めるのだ」という実感が、じわじわとこみ上げてくるのを感じた。

（そうだよ。次の仕事を早く決めないと、生活が行き詰まる。いくら会社都合の退職で失業保険がすぐに出るとはいえ、それだって高額なわけじゃないし）

社員寮を出なければならないため、早急に新たな住まいを探すというタスクもかなりのプレッシャーだ。

しかしそこで新堂が「住まいをすぐに用意してあげられる」「明日引っ越してきてくれても構わない」と言っていたのを思い出し、芹香の胸がぎゅっと締めつけられた。

彼の提案は、リストラされて今にも住まいを失いそうになっているこちらにとって打ってつけだ。新堂と籍を入れなければならないのがネックだが、彼はこの結婚をあくまでも〝ビジネス〟だと言っており、ほとぼりが冷めた頃には離婚に応じるつもりらしく、芹香は心臓がドクドクと速い鼓動を刻むのを感じる。

（よく考えたら、新堂くんの提案ってすごいよね。数年間彼の妻になって秘書業務をするだけで、生活をすべて保障してもらえる上に役員報酬を受け取れるんだもの。住むところも心配しなくていいし、離婚時には財産分与もしてくれるっていうし、新たな就職先だと思えば破格の条件かもしれない）

一度そういう思考になると頭からずっとその考えが離れず、芹香は仕事に集中できずに苦労した。

そんなこちらをよそに、昼休みの会田は辻との世間話の体《てい》で「総務の多田《ただ》さんと営業の山内《やまうち》さんもリストラ対象になったみたい」「私たちはそういう心配がなくてよかったよねー」と聞こえよがしに話していて、ムカムカとした気持ちを押し殺す。

それから二日後、仕事を終えた芹香は麻布十番に向かった。指定されたカフェに入ると窓際の席に座る新堂がいて、こちらを見て言う。

「お疲れ。職場からここまで呼んじゃってごめん」

「ううん。わたしが話をしたかったんだから、新堂くんの都合に合わせるのは当然だよ」

彼に会うのは、三日ぶりだ。

そのあいだまったく連絡は取り合わず、芹香は例の〝条件〟について考え続けていた。

相変わらず新堂は人目を引く容姿で、店内にいる女性客たちがチラチラとこちらの様子を窺《うかが》っているのがわかる。

オーダーを取りにきたスタッフに「アイスコーヒーをください」と告げた芹香は、目の前の彼に向き直って口を開いた。

「ぐだぐだ前置きするのも何だから、単刀直入に話すね。このあいだ新堂くんが飲みながらわたしに提示した話って、本気?」

「うん」

「あなたは女よけと会社の節税を目的に、わたしを〝妻〟として雇いたい。でも恋愛感情はなくビジネスで、互いの利益のために籍を入れるにすぎない——この解釈でいいかな」

「ああ。合ってるよ」

芹香は新堂をまっすぐ見つめ、明朗な声で告げた。

「わたし、新堂くんの話を受けたいと思ってる。あなたの〝妻〟となり、秘書として事業のサポートをするのを仕事にしたい。でも雇用するに当たってはちゃんと契約書を交わし、労働条件や福利厚生もきちんと条件を明記してほしいの。どうかな」

するど彼が少し意外そうな顔で、こちらを見る。

「いいの?」

「うん。最初はからかわれてるのかと思ったし、資産一〇〇億円の大富豪とか、それの管理をする会社とか、あまりにも別世界の話すぎてついていけなかった。でも会社にいると、自分がリストラされた事実や退職して社員寮を出る期限が迫ってるんだっていう実感が湧いて……悠長なことをしてる場合じゃないのを肌で感じたの。確かに籍を入れるのはハードルが高いけど、再就職先だと考えたら破格の待遇だと思った。だって生活にかかるお金も出してもらえて、役員報酬はそのまま全額受け取っていいってことだよね？」

「うん」

新堂がカップの中のコーヒーを一口飲み、こちらにわずかに身を乗り出して言った。

「平木さんが決断してくれて、うれしいよ。もしかしたら断られるかもしれないって思ってて、連絡がこないのも覚悟してたから。でもこうして明確な返答をくれたわけだし、俺が提示した条件はすべて公正証書にするから、心配しないでほしい」

彼は「ところで」と問いかけてくる。

「平木さんは、結婚式したい派？　俺は必要ないと思ってるけど、君がどうしてもっていうなら考えるよ。例えば親や友人に見せたいとか、年齢的にいろいろあるんだろうし」

「えっと……」

熱のない言い方に、「この結婚は、本当にビジネスでドライなものなのだ」と痛感しつつ、芹香は答える。

「わたしも……必要ないかな。実はうちって母子家庭で、母親は再婚して遠くに住んでるから、普段ほとんど接点がないの。それに数年後に離婚するなら、結婚式をするだけ無駄だよね。友達にもご祝儀を出させるのは忍びないし」

「じゃあ、しなくてＯＫ？」

芹香が「うん」と答え、今の職場を退職する日程を伝えると、新堂が社員寮からいつ引っ越してくるのか問いかけてくる。

「もう結婚するのは決まってるんだから、なるべく早いほうがいいだろ。退職を待たずに引っ越してきたら？」

「そうだね」

数日中にこの結婚に関する諸条件を書面にすること、それができ次第入籍することを申し合わせながら、芹香は「本当にこの人と結婚するのだ」という実感が湧いてくるのを感じる。

やがて彼が、腕時計で時間を確認して言った。

「ごめん、このあと会食が入ってるから、今日はこれで失礼する。平木さんの連絡先を教えてもらっていいかな」

芹香の電話番号とトークアプリのＩＤをスマートフォンに登録した新堂が、席を立つ。

そしてこちらを見下ろして告げた。

「俺と平木さんは、これから公私共にパートナーになる。仕事とプライベートが一緒なのは最初は気詰まりかもしれないけど、互いに折り合えるところを探していこう」

彼が手を差し伸べてきて、芹香は新堂と握手をする。彼が微笑《ほほえ》んで言葉を続けた。

「結婚式は挙げなくても、結婚指輪は奮発するつもりだから。どこのブランドがいいか、あとでメッセージで教えて」

「えっ」

「じゃあ平木さん、また連絡する」

第二章

それから半月後の七月末、芹香は佐渡谷エンジニアリングを退職した。

当初は二週間分残っていた有給休暇を消化したあとで辞めるつもりでいたが、次の職場が決まっていることから有給休暇の買い上げを相談したところ、それが受理された。会社都合によるリストラであるため、退職金もわずかながら上乗せされた形だ。

朝礼で退職の挨拶をしたあと、同期の男性社員が「これ、有志の皆から餞別《せんべつ》」と言って花を手渡してくれた。芹香が礼を言って受け取ると、彼がどこか気まずげに問いかけてくる。

「すぐに次の職場が見つかってよかったな。一体どういう職種なんだ？」

「資産管理会社なの。社長の秘書をすることになって」

「へえ。それって確か、金持ちが自分の財産を管理するために設立するものだろ。平木、そんな会社にコネがあったんだ」

彼は芹香の同期だが、新入社員の会田と辻をちやほやしている一人だ。

おそらく彼女たちから、こちらが退職後にどうするかを探るよう要請されているのだろう。遠巻きに向けられる二人の視線でそれに気づいた芹香は、さらりと答える。

「その社長と、結婚することになったの。配偶者をその会社の役員にすれば節税効果があるっていうから、役員兼秘書をしながら彼を妻としてサポートしていくつもり」

「えっ」

「花をありがとう。ロッカーにしまってくるね」

もらった花を一旦ロッカーにしまいに行ってオフィスに戻ると、向かいの席から会田と辻が目を爛々《らんらん》と輝かせて身を乗り出してきた。

「さっき佐藤《さとう》さんと話してたのが聞こえたんですけど、平木さん、結婚されるんですか？」

「そうだけど」

「そういう人がいるなら、早く言ってくれればよかったのにー。今日の朝、平木さんが左手にすごい指輪をしてるのに気づいて、誰にもらったのか気になってたんです」

「ご主人が資産管理会社の社長でそんな指輪を買えるなら、相当なお金持ちってことですよね？　私と会田さん、平木さんの結婚のお祝いがしたいねって話してて」

　彼女たちはこれまでの態度が嘘《うそ》のように、「ご主人やそのお知り合いも呼んで、盛大にパーティーをしませんか」「私たちが企画するので、平木さんはゲストを呼んでくれるだけで大丈夫です」とはしゃいだ口調で話す。

　しばらく黙ってそれを聞いていた芹香は、二人の話が一段落したところで口を開いた。

「さんざん聞こえよがしにあれこれ言ってきたくせに、急に手のひらを返して恥ずかしくない？　わたしは会社を辞めたあとまであなたたちとつきあう気はないし、結婚相手を紹介するつもりもない」

「――……」

「それよりプラントエンジニアリング事業部から頼まれてた工事のスケジュール確認、まだできてないでしょ。さっさと仕事に戻って」

　彼女たちは言い返そうと口を開きかけたものの、結局ぐうの音も出ずに黙り込む。

　それに頓着せず、芹香は終業まで淡々と自分の仕事をこなした。やがて退勤の時間となり、デスクの引き出しに残っていた私物を紙袋にまとめていると、部長から気まずそうに「今までお疲れさま」と声をかけられる。

　顔を上げた芹香は、首に下げていた社員証を外して返却しながらニッコリ笑って応えた。

「五年間、お世話になりました。お先に失礼します」

颯爽《さっそう》と踵《きびす》を返した芹香は、会社をあとにする。

そして電車を乗り継いで三十分、麻布十番にある高級レジデンスへと向かった。築五年だというその建物は重厚感のある石造りで、敷地内には緑が多く、エントランスラウンジからは美しい中庭が見渡せる。

二重オートロックとモニター付きインターホンなどセキュリティーは万全で、二十四時間対応のフロントサービスやフィットネスジム、クラブルームなどが完備され、さながらラグジュアリーホテルのような雰囲気を醸し出していた。

平日の仕事が終わったあとにせっせと荷造りをしてこの建物に引っ越してきて二日、芹香はいまだ気後れする気持ちを押し殺す。

（新堂くんが所有する資産総額を聞いたときは、すごいとは思ったけど正直ピンとこなかった。でもこうして彼の住まいを目の当たりにしたら、本当に桁違いのお金持ちなんだってことがよくわかる）

このレジデンスは総戸数がわずか七戸しかなく、各部屋の広さは二〇〇平米を超え、ゆとりと開放感のある造りだ。

カードキーで入り口のオートロックを解除した芹香は、まるで美術館のような雰囲気のエントランスを抜けて自宅に向かった。玄関の鍵を開けて廊下を進むと、そこは四十五畳の広さを誇るリビングダイニングになっている。他に大きなウォークインクローゼット付きの四つの部屋があり、二階は芹香と新堂の私室、三階は彼の仕事スペースという造りだ。

室内に視線を巡らせ、キッチンカウンターの椅子に座ってノートパソコンに向かっている新堂の姿を見つけた芹香は、彼に声をかけた。

「ただいま。新堂くん、もう帰ってたの？」

「うん、ついさっきね。今日で前の職場は終わりだったんだろ。どうだった？」

「餞別でお花をもらった」

作業の手を止めてこちらを見る彼は、白のボタンダウンシャツに黒のスキニーパンツというシンプルな恰好だ。

しかし広い肩幅や長い手足、しなやかな体形を引き立てており、相変わらず端整なその姿に芹香は何となく落ち着かない気持ちになる。新堂がパソコンを閉じて立ち上がりながら、思いがけないことを言った。

「せっかくだから、今日は平木さんの退職祝いとして飯でも食いに行こうか」

「えっ？　でも新堂くん、仕事が忙しいんじゃ」

「いや、平気」

自宅を出て徒歩で向かったのは、五分ほどのところにある寿司《すし》の名店だった。

予約しておいてくれたというその店は、夜は数種類の一品料理と寿司十貫というコースのみを提供しているらしい。

奥の個室に通され、ビールで乾杯する。室内は寿司屋とは思えないほどシックで洗練されており、芹香は感心して言った。

「素敵なお店だね。お寿司屋さんなのに現代的っていうか、おしゃれで」

「いつも予約がいっぱいだけど、うちの親と大将が昔から知り合いでさ。急な話でも融通を利かせてもらえるんだ」

彼がビールのグラスをテーブルに置き、「ああ、そうだ」と言って胸ポケットから一枚の紙を取り出した。

「これ、そろそろ書こうか」

「何?」

「婚姻届」

芹香はテーブルに広げられた紙を、まじまじと見つめる。

高校時代の同級生である新堂に再会し、彼が持ちかけてきた〝ビジネス婚〟に同意したのは、十日余り前の話だ。その三日後に結婚に関する契約書を提示され、諸条件を確認した芹香はそれにサインをした。

しかしそれから慌ただしく引っ越しの準備をしたり、新堂が出張で六日ほど海外に行っていたためにしばらく会えず、彼に再会したのは数日前の日曜日だった。新堂が業者を手配してくれ、芹香が社員寮を引き払ってレジデンスに引っ越しをして、今に至る。

だが同じ家で暮らし始めたものの、ここ数日の彼は「仕事の納期が迫っている」と言って自室にこもっており、朝のわずかな時間しか話ができていない。つまりまだ入籍はしておらず、芹香は興味津々で口を開く。

「ふーん、これが婚姻届なんだ。証人はどうするの？」

「別に誰でもいいわけだから、明日俺の知り合いに頼むよ。それよりこのあいだ平木さんに頼んだ戸籍謄本《こせきとうほん》、取り寄せておいてくれた？」

「うん。もう届いてて、家にある」

二人の本籍地と婚姻届を提出する役所が両者とも同じ場合は戸籍謄本は必要ないが、芹香の本籍地は別の区にあるため、取り寄せておくように要請されていた。

ちなみに母親は再婚して九州《きゅうしゅう》に住んでおり、芹香が結婚の報告をすると驚きつつも祝福してくれた。挙式はせず入籍だけで済ませる旨を伝えたところ、「今の若い人はそうなのね」「折を見て東京に行くから、そのとき旦那さんとなる人を紹介してくれるとうれしいわ」と言われ、話は済んでいる。

父親は幼少期に離婚して以来会っておらず、現在どこに住んでいるかもわかっていないため、報告する義理のない間柄だ。一方の新堂は父親が亡くなっており、母親は没交渉な上に海外にいて、芹香と同じく結婚の報告をしなければならない親戚はいないらしい。

彼がペンを取り出してサラサラと婚姻届に記入し、「ん」と言ってこちらに用紙を向けてくる。芹香はそれを受け取り、必要な事柄を記入した。そして改めて届を見つめ、感心しながらつぶやく。

「すごい。わたしたち、本当に結婚するんだね。こんな紙切れ一枚で特別な関係になるなんて、何だか不思議」

するとと新堂が噴き出し、楽しそうな顔でこちらを見つめる。

「何ていうか、平木さんってすごくあっけらかんとしてるよな。実際に婚姻届を書く段階になったら怖気《おじけ》づくかと思いきや、まったく平然としてるし」

「だってわたしと新堂くん、このあいだ契約書を交わしたでしょ。あれに書かれている諸条件を見ているうち、結婚っていうよりは仕事みたいな感覚が強くなって、だったら契約内容にあったとおり、最低でも二年間あなたの〝妻〟としての役目を全うしようって思ったの。だから今さら怖気づくとかはないかな」

そこで和服姿の女将《おかみ》が料理を運んできて、ジュンサイと糸瓜《いとうり》の土佐酢和《とさすあ》えや茄子《なす》と鰊《にしん》が載った冷たい素麺《そうめん》、旬の刺身の盛り合わせといった先付けに舌鼓《したつづみ》を打つ。

新堂が日本酒をオーダーしたため、芹香も同じものを頼んだ。女将が退室したタイミングで、彼が口を開く。

「資産管理会社について説明すると、製造業とか建設業といった一般的な会社とは違って、不動産や有価証券投資を主にしているところが多い。株式会社だから、取締役会を設置する場合は取締役を三名以上置かなきゃいけない決まりがあるんだけど、メンバーが増えると会社としての意思決定が複雑になる、つまり何かをしようとするときにスムーズに話が進みづらくなるから、うちは取締役が俺だけの取締役会非設置会社にしてる」

「ふうん」

役員を取締役のみにして監査役は置かず、取締役会も設置しないというシンプルな構造は、資産管理会社の業態としては珍しくないらしい。彼が言葉を続けた。

「ただしそれは、うちの財産を活用するのに外部の人間の意志が入ると面倒だという意味で、家族はその限りではない。明日婚姻届を提出したあと、俺の配偶者である君を取締役の一人として正式に選任するから、登記申請書や就任承諾書、委任状といった必要書類に記入してほしい」

「うん、わかった」

取締役はほとんどの場合家族を選ぶが、その理由は会社から役員報酬を支給することができるからだという。

家族が金を受け取れる一方、会社側は報酬として支給した金額を経費にできるため、大きな節税となる。要するに財産を一族で有意義に還流し、支払う税金をぐっと抑える手段だと説明され、芹香は頷いて言った。

「資産管理会社の設立理由はわかったけど、実際にどんな活動をするの？」

「金があるのを眠らせておくのは勿体《もったい》ないから、増やす方向でいこうと考えてる。いろんな方法があるけど、うちの場合は不動産投資だ。国内の地価上昇地域のマンションを一棟買いするのはもちろん、海外のマンションやコンドミニアムといった不動産物件を購入してる」

まさか海外まで手を広げているとは思わず、芹香は驚いて問いかけた。

「海外の物件を買うのって、そんなに儲《もう》かるの？」

「国によっては日本では考えられないほどの不動産価格の上昇があるから、それで売買利益《キャピタルゲイン》を得たり、高利回りな物件を賃貸にして安定した家賃収入《インカムゲイン》を得る。それを見極めて物件を売買するって感じ」

先週の出張先はタイのバンコクで、都心部の物件利回りは東京の約二倍なのだといい、いくつか内覧したのちに外国人向け高級ヴィラを一棟購入する契約をしてきたという。

新堂はエンジニアの仕事が一件終わるごとに国内外の不動産投資物件を見て回っており、ほとんど休みがないらしい。

改めて彼の財力のすごさを感じた芹香はドキドキしつつ、新堂に問いかけた。

「それでわたしは、一体何をしたらいいの」

「俺の秘書としてスケジュール管理や商談の同行、リサーチ業務、電話対応をしてほしい。ところで平木さん、英語は喋れる？」

「一応ＴＯＥＩＣは七三〇点で、英語を使った意思の疎通は何とかできる感じ。前の職場で、ときどき海外の工場とやり取りしてたから」

「そっか。それだけ英語が喋れるなら助かる」

新堂がどの程度喋れるのか問いかけてみると、彼は「俺のＴＯＥＩＣのスコアは八六〇点だよ」とさらりと答え、芹香はびっくりして声を上げる。

「それって、企業の国際部門の仕事を難なくこなせるレベルだよね。海外赴任も余裕でできるんじゃ」

「小学校の頃から、長期の休みのたびに海外に語学留学させられてたんだ。エンジニアの仕事には英語力は必要ないけど、資産管理会社の業務で海外に行くことが増えたから、話せるようになっててよかったと思うよ」

鱧《はも》と梅肉が載った利久《りきゅう》豆腐《どうふ》の椀を前に、芹香はグルグルと考える。

（再会したときからわかってたけど、新堂くんってものすごくハイスペックな人じゃない？　資産家で語学もできて、エンジニアとしての顔も持ってる。その上芸能人並みの容姿の持ち主だなんて、なかなかいない）

それに比べ、こちらは生まれも育ちもただの庶民だ。今さらながらにその差に気後れしつつ、芹香は唸《うな》るように口を開いた。

「新堂くん、やっぱりわたしと結婚するのは考え直したほうがいいんじゃないかな。奥さん兼秘書にするには、もっと価値観が合う人のほうが最適だと思う」

「何で今さらそんなこと言うの？　全部納得ずくで了承してくれたと思ってたのに」

「だってわたし、普通の暮らししか知らないし。高校こそ私立だったけど、あれはあの学校の女子バスケ部にどうしても入りたかったからで、看護師の母がかなり無理をして通わせてくれた学校だったの。正直言って今の住まいに引っ越してきたときはあまりの広さに度肝を抜かれたし、こうして個室でお寿司を食べるのだって『作法は大丈夫かな』とか、『どのくらいまで飲んでいいんだろう』とか、すごく緊張してるんだよ。それに加えて海外に不動産の買い付けにいくのに同行してほしいとか、雲の上の話すぎて不安しかない」

正直な心情を吐露したところ、新堂が意外なことを言われたように眉を上げる。

そしてクスリと笑って言った。

「そんなこと考えてたのか。平木さんを見下すわけじゃないけど、君が言う〝庶民〟の感覚は堅実な感じがして、俺的にはすごくいいよ。住まいの広さは暮らしていくうちに慣れるし、ここはせっかく個室なんだから好きなだけ飲んでくれていい。どうせ帰りは徒歩だしね」

彼は「それに」と言って、ガラスの徳利に入った日本酒を手酌《てじゃく》でお猪口《ちょこ》に注ぎつつ、言葉を続けた。

「平木さんの気取らないざっくばらんなところが、一番心地いいかな。俺によく見られようとか考えてない気がして」

それを聞いた芹香は、きょとんとして答える。

「だってわたしたち、ビジネスパートナーでしょ。見栄張ってもしょうがないじゃん」

するとと彼がじっとこちらを見つめてきて、正面から目が合ってしまった芹香は、内心どぎまぎしつつ平静を装って言った。

「なあに？　新堂くん、そうやって意味ありげに女を見つめるの、やめたほうがいいよ。もしかしてわざとやってるの？」

「いや、別に。……なるほど、そういう感じなのか」

まるで独り言のようにつぶやいた新堂が、やがてニッコリ笑う。

そして手元の徳利を再び手に取り、芹香のお猪口に寄せながら告げた。

「とりあえず平木さんの仕事は、そういう感じだ。これからいろんなところに同行してもらうけど、仲よくやっていこう」

「う、うん」

彼に「改めて、乾杯」と言われた芹香は、お猪口同士を触れ合わせる。中身を一気に飲み干すと、新堂がニコニコしながらドリンクメニューを差し出してきて言った。

「まだ飲めるだろ。好きな銘柄とかある?」

「辛口の、後味がさっぱりしたのが飲みたいかな。この大吟醸《だいぎんじょう》とか」

「いいね」

＊　＊　＊

九月に入っても季節はすぐに秋には移行せず、外は連日盛夏の暑さが続いている。

自宅の三階にある仕事部屋でパソコンに向かい合っていた新堂千秋は、肩の凝りを感じて作業の手を止めた。フリーランスで作業時間や場所は自由に決めることができるため、仕事は自宅ですることが多い。

時刻を確認すると午前十一時で、デスクの前から立ち上がった新堂は、仕事部屋を出た。リビングに下りると、キッチンカウンターの椅子に座ってノートパソコンを開いていた芹香がこちらを見る。

「どうしたの、休憩?」

「うん」

「アイスコーヒーでよかったら、わたしが淹《い》れるよ」

彼女は足取り軽くキッチンに入り、電気ケトルでお湯を沸かしつつ、耐熱ガラス製のアイスコーヒーメーカーを取り出す。

それは上部がドリッパー、中央の部分が氷を入れるアイストレーナーになっていて、淹れたばかりの熱いコーヒーを薄めずに急速に冷やすことができる優れものだ。

カウンターの椅子に座った新堂は、芹香が作業する様子をじっと見つめた。彼女が自分の〝妻〟となって、一ヵ月余りが経つ。入籍後に自身が設立した資産管理会社の役員として仕事を手伝ってもらうようになったが、現状は至って快適だ。

芹香は前職で建設エンジニアリング会社の管理事務をしていたといい、仕事ののみ込みが早くてきぱきしている。自宅ではゲストルームを私室として提供しているが、手が空いたときに共用部をさっと掃除してくれたり、こちらが仕事中は話しかけてこなかったりと、さりげなく気を使ってくれていた。

(彼女は生活音がうるさくないから、ひとつ屋根の下で暮らしていてもほとんど気にならない。こうして何気ないタイミングでコーヒーを淹れてくれたりとか、まるで本当に夫婦になったみたいで新鮮だ)

今日の芹香の服装は七分袖の青いカットソーに白のワイドパンツを合わせ、髪を下ろして大ぶりなピアスを着けた、きれいめのオフィスカジュアルだ。

ワイドパンツは腰のサッシュベルトが大きなリボンになっており、スパイシーな雰囲気の中に可愛《かわい》らしさを添えていて、よく似合っている。元々コンサバ系の恰好をしていた彼女は高級感のある服装に見えていたものの、実際はプチプラなアイテムを上手く組み合わせ、ファッションにかかる金を極力抑えていたらしい。

そんな芹香に、新堂はブランド物の衣服を山のようにプレゼントした。彼女は「こんな高価なものはもらえない」「必要なら、自分のお金で買うから」と恐縮していたが、新堂は「仕事で高級店に出入りする都合上、それなりのものを着てくれないと困る」と言って押しきった。

（……きれいだよな）

渋々ブランド服を受け取った芹香は、元々センスがいいのかそれらを上手く着こなしている。

彼女は身長が一六六センチと平均的な成人女性より高く、スラリとした体形だ。手足はほっそりとしているが胸や腰には女性らしい丸みがあり、めりはりがある。顔立ちは整っており、睫毛《まつげ》が長く大きな目が印象的で、手入れの行き届いた肌や艶やかな髪が女子力の高さを感じさせていた。

思えば高校のときも、芹香はクラスの中で目立つ存在だった。女子バスケット部のエースで、同じ制服を着ている女子たちの中でもひときわ垢抜《あかぬ》けており、それでいて気取ったところはなく男女問わず友人が多かった印象だ。

一方の新堂はといえば、いわゆる〝陰キャ〟だった。長めの前髪で顔の半分を隠し、趣味のパソコンゲームという共通の話題のある友人としか話さない。大企業の社長令息だと周囲に知られれば面倒になるため、当時は極力目立つ行動を避けていた。元々社交的な性格ではなく、人と積極的に関わらないほうが楽だったという部分も多々ある。

（でも……）

学校は私立校で雰囲気は悪くなかったものの、クラスには少し悪ぶっている者が数人いて、新堂は彼らとトラブルになったことがあった。

教室の中で絡まれ、心の中で「面倒臭い」と考えていた新堂だが、実はそれほど困っていたわけではない。幼少期から護身術を習わされており、もし暴力を振るわれても対応することが容易だったからだが、そこで助けてくれたのが芹香だった。

『ちょっと身体《からだ》がぶつかったくらいで、何でそんなに騒がなきゃいけないの。一人に対して三人で文句を言うとか、そういうのやめなよ』

彼女は男子生徒たちにまったく臆することなくそう言うと、新堂を「大丈夫?」と気遣ってくれた。

その後、芹香は「ほら、この話はこれで終わり」と彼らに明るく告げ、遺恨を残さずに事を収めた。以来新堂は彼女を異性として意識するようになったものの、結局告白はおろか言葉を交わすことすらなく卒業を迎え、二十七歳になる今まで接点はまったくなかった。

それなのに街中でぶつかった瞬間、すぐに芹香だとわかった自分に新堂は苦笑いする。

(今まで自分から人を好きになることが、一度もなかったからかな。彼女が俺をまったく覚えていなかったのは笑えるけど)

大学時代に友人の勧めで見た目を変えたところ、異性が数多く集まってくるようになったのは、新堂としては予想外だった。

元々人づきあいに積極的ではなかったが、会社勤めを経て周囲と如才なくつきあえるようになったことが、この九年間でもっとも成長した点といえるだろう。

そのままシステムエンジニアとして暮らしていく予定だったものの、大きなグループ会社のCEOだった父が心筋梗塞で突然この世を去り、新堂は莫大な遺産を相続した。不動産などをただ所有しているだけでは国に多くの税金を取られてしまうため、その対策として資産管理会社を設立したが、芹香を自分の秘書として誘ったのは思いつきだ。

かつて淡い想《おも》いを抱いていた彼女が困っているなら、力になってやりたい。仕事と住むところを失《な》くしたのならただ雇ってやるだけでよかったはずだが、そこで「平木さん、いっそのこと俺と結婚しない？」と言ってしまったのには自分でも驚いた。

（「本気じゃなくて、あくまでも〝ビジネス〟だ」とか、「お互いにとってウィンウィンな関係になる」とかいろいろ理由をつけたけど、とどのつまり俺の中に下心があっただけだよな）

資産管理会社の役員は配偶者や親族が望ましく、〝妻〟になってくれたほうが都合がいいのは否めない。

しかし九年ぶりに再会したばかりの同級生に持ちかける話としてはあまりに荒唐無稽《こうとうむけい》な内容で、それを聞かされた芹香は最初ひどく混乱しているようだった。しかし数日間の熟考の末、「仕事だと考えれば、こんなに条件のいい職は他にない」という結論を出したらしい彼女は、新堂の提案したビジネス婚を承諾した。

かくして婚姻届を提出し、世間的には〝夫婦〟となった自分たちだが、その関係は至ってドライだ。同じ家に住みながらも互いのプライバシーを尊重し、私室には踏み込まない。かといってまったく会話がないわけではなく、リビングで顔を合わせたときに世間話をしたり、自分が飲むついでにお茶を淹れたりと、ルームシェアのような状態で上手くやっている。

自宅兼職場のため、オンオフの完全な切り替えが難しいものの、芹香はこちらが仕事として要請したことはきっちりとこなしてくれ、思いのほか快適だった。

キッチンに立っている彼女は二つのグラスに氷を入れ、アイスコーヒーメーカーに落としたコーヒーをゆっくり注ぐ。そしてストローを添え、こちらに向かって差し出してきた。

「はい、新堂くんのはブラック」

「ありがとう」

芹香は自分のグラスに牛乳を多めに注ぎ、アイスカフェオレにして一口飲む。そして満足げな表情で言った。

「美味《おい》しい。このあいだ買ってきたコーヒー豆、ホットもいいけどアイスでもいけるね」

「うん。ところで明日の北海道《ほっかいどう》行きの飛行機って、もう手配した？」

「午前十時台のを押さえてもらったけど」

交通機関のチケットやホテルの予約をする際は、新堂が持っている法人カードに付帯するコンシェルジュサービスを利用している。彼女の答えを聞いた新堂は、頷いて言った。

「それ、悪いけど午後一時台のに変更しておいてもらえるかな。急にクライアントとの打ち合わせが入っちゃって」

「わかった」

明日の北海道出張は、ニセコの物件を見に行く予定だ。

夏のアクティビティと冬のパウダースノーが人気のニセコは、近年地価の上昇が目覚ましく、主に外国人富裕層の宿泊需要がある。芹香がスマートフォンでカード会社のウェブサイトにアクセスしながら言った。

「わたし、北海道に行くのは大学の卒業旅行以来なの。あのときは札幌《さっぽろ》と小樽《おたる》だけしか行かなかったから、ニセコがどんなところなのか楽しみ」

「いかにも北海道らしい自然豊かなところだけど、きっと外国人の多さにびっくりするよ。まるで日本じゃないような雰囲気で」

「ふうん、そうなんだ」

結婚して一ヵ月余り、芹香とはいくつかの出張に一緒に出掛けた。

新堂の本業はシステムエンジニアのため、その仕事の合間を縫って出掛けることになるが、視察と商談目的であちこちのリゾート地を訪れることに彼女は最初ひどく戸惑ったようだ。

しかし最近は徐々に慣れ、少しずつ仕事を楽しむようになってきていて、新堂はホッとする反面何ともいえない気持ちになる。

(俺と泊まりがけで出掛けるのに抵抗がないのは、彼女がこれを〝仕事〟だと割りきってるからだ。つまり俺を、異性としてまったく意識していない)

元々この結婚をビジネスだと言ったのはこちらであり、芹香はそれを承諾したのだから、その反応は当然だといえる。

だが自分を異性として微塵も意識しない様子を目の当たりにするたび、新堂は複雑な気持ちを味わっていた。女性から積極的にアプローチされることに辟易していたはずなのに、いざ芹香にドライな態度を取られるとモヤモヤする。

その理由は、やはり自分の中に彼女に対する好意があるからに違いない。最初は淡いものだったそれは同じ家で暮らし始めて一緒に仕事をするにつれ、どんどん明確な形になりつつある。

（……さて、どうしたものかな）

こちらのそうした心情は、今のところ上手く隠せている。

元々新堂は淡々としていて、感情表現が豊かなタイプではない。おそらく芹香はこちらに下心がないのだと確信し、〝ビジネス〟の結婚を受け入れているからこそ、ただの友人として接しているのだろう。

そんな欲のなさが、新堂にとってはひどく好ましかった。彼女は自身の感覚を庶民だと言いきり、富裕層の暮らしへの戸惑いや驚きを隠そうとしない。かといってこちらに過剰に媚びることはせず、新堂と結婚しても金銭感覚はそのままで、財産を私物化するような様子は微塵もなかった。

そんな芹香を、新堂は振り向かせたい。きっかけこそ勢いで、〝仕事〟として始まったこの関係だが、どうにか進展させたくてたまらなかった。

立ったままキッチンでスマートフォンを操作していた彼女が、画面から顔を上げずに話しかけてくる。

「明日の午後一時半出発の便があるって、コンシェルジュから返事がきたよ。午前のをキャンセルして、こっちを予約するのでいい？」

「うん」

「新千歳《しんちとせ》に到着するのは三時五分だから、そこからタクシーで移動したとして、ホテルに着くのは午後六時くらいだって。現地の視察は翌日だね」

「そうか。ところで向こうの飲食店、ピックアップしておいてくれた？」

芹香が「いくつかブックマークしてる」と答え、カウンターの椅子から立ち上がった新堂は彼女に歩み寄る。

「見せて」

スマートフォンを操作した芹香が、ブックマークした店舗のサイトを表示する。

新堂が彼女の背後から覆い被《かぶ》さるようにディスプレイを覗《のぞ》き込むと、芹香がドキリとしたように肩を揺らして言った。

「ちょっと、距離が近いんだけど」

「そう？」

「そうだよ。離れて」

お構いなしにディスプレイを覗き込みながら、新堂は腕を伸ばし、ディスプレイを指さして言う。

「この店、俺は前に行ったことがあるけど、微妙だったから却下。こっちの新しい店は気になるな、ランチの席の予約をしておいて」

「う、うん。わかった」

身体を離した新堂は、カウンターの上にあった飲みかけのアイスコーヒーのグラスを手に取る。そして芹香に向かってニッコリ笑いながら言った。

「コーヒー、ありがとう。部屋で仕事しながら飲むから」

「ううん、わたしが飲むついでだし」

「夕飯は一緒に食べよう。じゃあ、あとでね」

第三章

翌日は朝の九時から新堂がクライアント先のオフィスに出勤していき、芹香は一人になる。今日は不動産投資案件の商談のために北海道に行く予定で、彼は打ち合わせが終わり次第昼頃に帰ってくることになっていた。

広すぎるリビングでノートパソコンに向かいながら、芹香は小さくため息をつく。

(新堂くんが目星をつけた地域のリサーチ、結構大変だな。現地に行ってその土地で付加価値のあるものを見つけなきゃいけないんだけど、事前調査が難しい)

不動産投資では売り出し中の物件情報や地価、市況を踏まえつつ将来の見通しを立てるのはもちろん、周辺地域の施設や観光名所など事前に調べることは多岐に亘る。

調査対象の物件を見つけてくるのは新堂だが、現地に行くまでにできるかぎり情報を収集するのは芹香の役目で、これがかなり大変だ。

ネットの情報だけではなく、旅行雑誌やローカル雑誌などを取り寄せて内容を精査し、視察する場所を絞り込む。実際に現地に行って物件や周辺施設、飲食店などを訪れて評価する日々は、以前の仕事とはまったく勝手が違っていて最初はひどく戸惑った。

(だってわたしと新堂くん、二人であちこちに旅行に行ってるようなものだもんね。しかも宿泊先は毎回ラグジュアリーホテルの高層階で、食事も現地の高級店だし、確かにリサーチ業務は大変だけど、これでお給料がもらえるなんて嘘みたい)

結婚して一ヵ月余り、芹香が感じているのは新堂との金銭感覚の違いだ。

富裕層の出身である彼は、息をするように自然に最高級のものを選ぶ。着ているものはシンプルなデザインが多いが、実はすべて高価なもので、入籍直後には「どこに行っても恥ずかしくない恰好をしてもらいたいから」と言って芹香に大量のブランド服をプレゼントしてきた。

(思えば再会したときも、すごい腕時計をしてたっけ。高校時代はそんなふうに見えなかったから、今も違和感が強い)

改めて高校のときの卒業アルバムを確認すると、当時の新堂は長い前髪で顔の半分が隠れていて、〝陰キャ〟と言っていい容姿の持ち主だった。

二年と三年で同じクラスだったというが言葉を交わした記憶はなく、名前くらいしか思い出せない。それが今は蛹《さなぎ》が蝶《ちょう》に羽化したかのごとく端整な容姿の持ち主になっており、しかも二十七歳の若さで莫大な遺産を相続した資産家で、自分の〝夫〟だ。

秘書の仕事には少しずつ慣れてきたものの、生まれ育ちの違いは如何《いかん》ともしがたく、彼との金銭感覚のギャップは広がる一方だった。しかし新堂は「君の〝庶民〟の感覚は堅実な感じがして、俺的にはすごくいい」と言っていて、こういう自分だからこそビジネス婚の相手として選んだのかもしれないと思う。

（そうだよ。わたしたちは数年後には別れるんだから、新堂くんのお金の使い方に関しては客観的な視点を持っていたほうがいい。わたし自身が資産家になったわけじゃないんだし、いわばおこぼれに与《あずか》ってるようなものなんだもの）

こうして同じ家で生活を始めてみると、彼は至って穏やかな人物だ。

本業はエンジニアだと考えているらしく、家にいるときは三階の仕事部屋にこもっていて、大抵キーボードのタイピング音がしている。なるべく干渉しないほうがいいのかと思い、声をかけるのを遠慮していた芹香だったが、リビングに出てきたときは向こうから話しかけてきてくれて和やかに会話ができていた。

仕事以外でこちらにあれこれ指図することはなく、それでいて共用部を掃除しておくと「ありがとう」と礼を言ってくれ、ルームシェアの相手としては理想的だった。

（でも……）

一緒にいる時間が長くなるにつれ、芹香の中には彼への興味が湧いている。

あれだけの容姿の持ち主で資産家ならば、世の女性たちが放っておかないと思うが、新堂が異性と会っている気配は微塵もない。

彼は情報収集やコネクション維持のためにときどき会食に出掛けていくが、いつも二時間ほどで切り上げて帰ってきていた。新堂は「容姿と金目当てで寄ってくる異性が増えてうんざりしている」「地味だった頃は見向きもしなかったくせに、いきなり手のひらを返して媚びてくるのは気分が悪い」と語っていたため、もしかするとあえて誰も傍に寄せつけていないのかもしれない。

わざわざこちらにビジネスの結婚を申し出たのだから、その可能性は高いだろう。そう思うものの、芹香はこのところ彼の態度に心乱され、その気持ちを図りかねていた。

(新堂くん、急にじっと見つめてきたり距離が近いことがあるんだよね。昨日だってわたしのスマホのディスプレイを覗き込むのに、後ろからこられてドキッとしたし)

そういうときの新堂の口調はいつもどおりで淡々としており、色めいたことは一切言わない。だがあの整った顔に見つめられたり、身体が触れ合う距離に来られると心臓が跳ね、芹香は平静を取り繕うのに苦労していた。そしてそんな自分を不純だと考え、持て余している。

（新堂くんがビジネス婚を持ちかけてきたのは、再会したときのわたしが彼を男性として意識してなかったから。実際そのとおりだったたし、あくまでも〝仕事〟として奥さん兼秘書を引き受けたんだから、こんなふうにドキドキするのは間違ってる）

もし新堂がこちらの心情に気づけば、きっと失望するに違いない——そんなふうに考えた芹香は、ぐっと気持ちを引き締める。

きっと自分は今まで知らなかった富裕層の世界に触れ、気持ちが浮ついてしまっているだけなのだ。そして学生時代は目立たなかった彼が見違えるように恰好よくなったのを目の当たりにし、変に意識してしまっている。

（よし、仕事しよう。正午にはここを出なきゃいけないんだし、新堂くんが打ち合わせから戻ってくるまでにリサーチしておかないと）

改めてパソコンに向かい合った芹香は、検討物件の周辺地域の施設リストを作り、実際に訪れて確かめたいところにマーキングする。

そうするうちに新堂が打ち合わせから戻り、二人分のキャリーバッグをタクシーのトランクに積み込んで出発した。後部座席で並んで座り、約三十分の距離を移動しながら、芹香は隣の彼に問いかける。

「新堂くんは車を持ってるのに、どうして自分で運転しないの？」

「俺にとっての車の運転は、あくまでも息抜きだから。仕事の移動の最中はなるべく寝たくて、タクシーばっか使ってる」

　確かに新堂は自宅にいるときは夜遅くまで仕事をしていることが多く、今も少し眠そうにしている。それを目の当たりにした芹香は、彼に提案した。

「わたし、車の免許を取ろうかな」

「ん？」

「わたしが運転できるようになれば、いちいちタクシーを呼ぶ手間が省けるでしょ。新堂くんの秘書としては、持っていたほうが何かと便利だと思わない？」

　すると新堂が少し考え、「そうだな」と答えた。

「運転免許証は持っていて損はないものだから、いいんじゃない？　俺が金を出すよ」

「ううん、大丈夫。個人のスキルアップになる費用って、確か会社の経費にはならないはずだし」

「確かに会社の経費にはならないけど、俺が夫として払うから」

「だったらなおさらだよ。わたしたちはビジネスの関係なんだから、そこまでする必要はない」

　彼とこの先も円満な関係でいるためには、必要以上に馴《な》れ合わないよう、きちんと線引きするべきだ。そんな気持ちで芹香がきっぱりと告げると、新堂がかすかに眉を上げてこちらを見つめ、前に視線を向けて言う。

「……そっか、ビジネスか」

「う、うん」

「とりあえず、少し寝る。空港に着いたら起こして」

そう言って彼が目を閉じてしまい、芹香は心の中で「言い方が悪かったかな」と考える。

(新堂くんにたかるつもりはないから、免許取得のお金は自分で払うって言ったんだけど。節度を持った距離感って難しい)

東京から新千歳空港までは、飛行機で一時間半の距離だった。

そこからニセコまではタクシーで二時間かかり、数万円の料金を法人カードで支払いつつ、芹香は「運転免許があれば、レンタカーを借りられるんだな」と考える。

(やっぱり秘書としては、車の免許があったほうが断然便利だよね。あとで自宅から通いやすいところにある教習所のことを調べてみよう)

今日の宿泊先は、隠れ家的な旅館だった。

和の雰囲気と現代的な感性がマッチした上質な空間で、大きなガラス張りの窓からは雄大な原生林が見渡せる。客室はわずか十五室しかなく、室内には内湯と源泉かけ流しの露天風呂があり、シックでモダンなインテリアを見た芹香は感嘆のため息を漏らした。

「素敵だね。シンプルなのにおしゃれで、こういう眺めのところってあまりないかも」

「部屋に露天風呂があるのもいいな。原生林を眺めながら入浴できて」

中を見て回っていた芹香は、ふと寝室にキングサイズのベッドがひとつしかないのに気づき、慌てて新堂に告げる。

「新堂くん、大変。この部屋、ベッドがひとつしかないみたい。わたしが予約の段階で間違えちゃったのかも」

いつも宿泊先は彼が決め、芹香はそのとおりに予約していたが、ベッドの数を見落としていたかもしれない。そんなふうに考える芹香に、新堂が事も無げに答える。

「ここ、一番いい部屋はベッドがキングサイズひとつだけなんだ。必要なら、フロントに言えば和室のほうに布団を敷いてもらえる」

「そ、そっか」

ホッとした芹香はフロントに電話をかけ、リビングの続き間である和室に布団を敷いてもらえるように要請する。

それからディナーに備え、服を着替えた。持ってきた衣服をすべてワードローブに掛け、迷った末に黒の半袖プルオーバーにエレガントなドレープを描くロングスカートを合わせ、手首に嵌めたゴージャスなブレスレットとビジュー付きのミュールをアクセントにする。

一方の新堂は、黒のジャケットに白のカットソー、テーパードパンツというスマートカジュアルな服装だ。見るからに値の張るハイブランドの腕時計がポイントになっていて、作り込みすぎないこなれた雰囲気を醸し出している。

彼がこちらを見下ろし、微笑んで言った。

「いいね、きれいだ。行こうか」

館内の食事処に向かい、ラグジュアリーな雰囲気の個室で懐石料理の夕食をとる。

道産食材をふんだんに使った料理は器にもこだわっており、一皿一皿の盛りつけがまるでアートのように美しく洗練されていた。新堂が料理を口に運んで言った。

「懐石料理なのにフレンチを思わせる自由な発想もあって、これは外国人に受けるだろうな。この宿は周辺の相場に比べて価格が高いけど、人気なのが頷ける」

「味はどう?」

「悪くない」

芹香はスマートフォンで写真を撮り、彼の感想をせっせとメモする。それを見た新堂が、日本酒のお猪口を手にして言った。

「平木さん、最近どこに行っても料理の写真をまめに撮ってレポートを作ってるけど、それって結構大変じゃない？」

「大変だけど、わたしはこういう富裕層の暮らしと無縁で生きてきたから、勉強するのは大事かなって。一応お店や周りの人を不快にさせないように、個室のときしか写真は撮らないようにしてるんだけど」

　彼の秘書として一緒に出掛けるようになってから、芹香は料理や訪問した場所の印象が薄れないその日のうちにレポートを作成するようになった。

　誰にも見せる予定がないもので、完全にプライベートな備忘録だ。数年間新堂の〝妻〟として振る舞うのだから、彼に恥をかかせたくない。そのためにはさまざまな知識が必要だと考え、自分なりにできることとして始めたものだった。

　すると新堂が日本酒を一口飲んで言った。

「君が想像以上に仕事に取り組んでくれて、正直驚いてるよ。投資案件の事前のリサーチも真剣にやってるし、思いのほか詳細なリストが出てきて感心してたんだ。きっと前の仕事でも成果を出してたんだろうな」

「どうだろ。自分なりに頑張ってたつもりだけど、結局コネ入社の新人を優先してリストラされちゃったわけだから。あのとき感じたやりきれなさとか鬱屈をどうにかしたくて、今の仕事に取り組んでるのかもしれない」

食事を終えたあと「少し飲まない？」と誘われた芹香は、彼と一緒にバーに足を向ける。
館内は囲炉裏のあるロビーラウンジやマッサージルーム、書斎、シガーバーなど設備が充実しており、ゆったりと優雅な雰囲気に満ちていた。

薄暗いバーの中ではバイオエタノールの暖炉の炎が揺らめき、カウンターに座った芹香は大きな窓越しに見えるライトアップされた原生林を見つめてため息を漏らす。

（本当に素敵なところだな。この近隣で一番高い旅館だし、前の職場のお給料では絶対に来られなかった宿だ）

ほんの少し憂鬱なのは、先ほど廊下でスマートフォンを確認したとき、前職で後輩だった会田からメールがきていたからかもしれない。

退職前に漏れなく引き継ぎをしたはずだが、彼女と辻は勤務態度が不真面目で真剣にこちらの話を聞いておらず、いざ芹香がいなくなるとわからないことが続出しているらしい。

だが必要な業務はすべて教えたため、退職後は何度メッセージがきても一度も返事をしていなかった。もしかすると会田は芹香の夫である新堂に近づくのを諦めておらず、だからこそ仕事にかこつけて何度も連絡を寄越してきているのかもしれない。

（もういい加減、ブロックしちゃってもいいかな。本当に困ったことがあったらと思ってそのままにしてたけど、それは辞めたわたしじゃなくて会社がどうにかするべきだし）

目の前に置かれた酒のグラスを前にため息をつくと、新堂が「どうかした？」と問いかけてくる。芹香は苦笑いして言った。

「さっき前の職場で後輩だった子から、連絡がきてて。わたしが会社を辞めて一ヵ月以上が経つのに、いまだに仕事のことを聞いてくるの、おかしいよね」

「ああ、新人のくせに君に聞こえよがしにずっと嫌みを言ってた子？　それって仕事でわからないことがあるとかじゃなくて、俺に会わせろっていう意味で連絡してきてるんじゃないの」

彼があっさり言い当ててきて、芹香は慌てて答える。

「たぶんそれは、わたしが『退職後は資産管理会社の社長と結婚する』って言ったのを聞いて、後輩が興味を持っちゃったから。でも新堂くんの名前を教えるつもりはないし、絶対に迷惑はかけないから、安心して」

「俺が最後の出勤日に婚約指輪を着けていくように勧めたから、後輩はその言葉が嘘じゃないってわかったんだろ。平木さんが〝リストラされて辞める〟っていうネガティブなイメージを払拭したくて指輪を着けるように勧めたけど、それが裏目に出てしまったな」

新堂が婚約指輪として贈ってくれたものは目玉が飛び出るような価格の品で、女性が憧れるハイブランドのものだ。

自分では到底手が届かないもののため、最初は受け取るのも着けるのも躊躇《ためら》った芹香だったが、せっかく彼が買ってくれたものだと考えるとしまい込んでおくのも忍びなく、こうして外出するときはなるべく指に嵌めるようにしている。

薬指で燦然《さんぜん》ときらめくダイヤモンドの指輪を見つめながら、芹香は新堂に礼を言った。

「新堂くんにはたくさんお金を使わせてしまって、申し訳なく思ってる。この指輪だけじゃなく、服とか旅費とか、役員報酬まで支払ってもらってるんだもの。会社の税金対策のためにわたしを配偶者にしたいって言ってたけど、本当は出ていくお金のほうが大きいんじゃない？」

すると新堂はウイスキーが入ったロックグラスを揺らし、笑って答えた。

「今の生活を楽しんでるから、いいんだよ。平木さんはきれいで着飾らせ甲斐《がい》があるし、指輪は俺たちの関係を対外的にアピールするために必要なものだ。別に惜しくはない」

「でも……」

「それに君は秘書の仕事を頑張ってくれているから、報酬を受け取るのは当然の権利だ。引け目に感じなくていい」

本当の〝妻〟ではないのに自分を大切にしてくれる彼を前に、芹香は胸の奥がぎゅっとするのを感じる。

確かに新堂は財産目当てで言い寄ってくる女性たちに辟易しており、芹香をあちこちに連れ歩いては親交のある人間に「妻です」と紹介していて、ギブアンドテイクの関係は成り立っていると言える。ただ彼が桁違いの資産家であるため、それに合わせてこちらも着飾らなければならず、金銭感覚のギャップを受け入れられていないだけだ。

（たぶん新堂くんが使ってくれているお金とわたしが差し出している労力が釣り合っていないから、こんなにモヤモヤするんだろうな。わたしはこの人に、何も返せていない）

そんなふうに考えながら芹香が目の前のグラスを見つめていると、ふいに新堂が思わぬことを言った。

「たぶん平木さんは金銭感覚の違いを埋められずにいて、それで俺に負担をかけてると思ってるんだろ。悪いけどこればかりは、慣れてもらうしかない」

「……うん」

「でも、引け目を解消する方法なら提案してあげられる。平木さん、俺と寝てみる？」

芹香は驚き、隣に座る彼を見る。

一瞬何を言われたのかわからなかったものの、言葉の意味がじわじわと飲み込めてくるにつれ、頬が熱くなっていくのがわかった。目の前のカウンターにはたまたまスタッフがおらず、話を聞かれなかったのが幸いだ。芹香はモヒートのグラスを手の中に握り込み、引き攣《つ》った笑いを浮かべて言った。

「新堂くん、酔ってるの？　さっきまで日本酒を飲んでたのに今はウイスキーを飲んで、悪酔いしちゃったとか」

「至って素面《しらふ》だよ。君は俺が出している金と自分の労働が釣り合っていないと考えて、それを負い目に感じてるんだろ。だったら普通の夫婦みたいに身体の関係を作れば、家計を一緒にする大義名分が立つし、心理的負担が軽減できるんじゃないかな」

「それは……」

てっきり新堂にはそういう欲求がないのだと考えていた芹香は、内心パニックになる。

再会して結婚してから一ヵ月余り、彼の端整な容姿や醸し出す雰囲気に心惹《ひ》かれていたものの、それは新堂との〝契約〟にふさわしくないものだと考え、必死に表に出さないようにしていた。だが突然軽い調子で身体の関係に誘われ、芹香はグルグルと考える。

（新堂くんは女嫌いで、わたしが彼を恋愛対象として見ていないからこそ結婚したはずなのに、一体どういうことだろ。もしかしてからかわれてる？）

それともこちらの心情がダダ洩《も》れで、据え膳をありがたくいただこうとでも思ったのだろうか。

ふいにそんな考えが頭をよぎり、芹香の心の一部がわずかに温度を下げる。彼が健康な成人男性である以上、言い寄ってくる女性に辟易していても性欲くらいはあるだろう。うっかりその中の誰かに手を出してしまえば、既成事実を盾に面倒な要求をされてしまうかもしれないものの、芹香は〝妻〟だ。

夫として妻を抱くのは世間的に何ら問題はなく、誰よりも後腐《あとくさ》れのない相手だと言っていい。しかも芹香の中には、新堂に多額の金を使わせてしまっているという負い目がある。

（……そっか。だから新堂くんは、こんなふうに軽く誘ってくるんだ）

グラスを持つ指が、どんどん冷えていく。

彼がそういう気持ちで誘ってきているのなら、こちらに拒否権はない。そもそも芹香は自分の労力と対価が釣り合っていないと常々感じており、新堂がそれを踏まえた上で「引け目を解消したいなら、自分と寝てみるか」という提案しているのだから、つまりは〝そういうこと〟なのだ。

（わたしは新堂くんにとって、都合のいい相手でしかない。恋愛感情を抜きにして性欲の解消につきあえって言われてるんだから、わたしはそれに応じなきゃ）

胸がぎゅっと締めつけられ、痛みを訴える。

彼に対して仄《ほの》かな恋心を抱いていた芹香にとって、それはあまりに残酷な誘いだった。さまざまな思いが頭を駆け巡ったものの、一度深呼吸をした芹香は顔を上げる。そして彼を見つめ、微笑んで言った。

「――いいよ」

「――……」

「わたしたち、一応は夫婦なんだし、距離があるほうが不自然だよね。確かに新堂くんの言うとおり、そういう行為も込みの関係になるなら、わたしが感じてる引け目も少し和らぐかも」

するると新堂が何ともいえない顔になり、問いかけてくる。

「いいの？　平木さんはそれで。俺としては無理強いする気はないし、契約の内容にも含まれていないんだから、その気にならないなら今のままでも全然構わないんだけど」

「いいよ、別に。新堂くんは嫌いなタイプじゃないから」

笑顔で答えた瞬間、彼を取り巻く空気がわずかに変わる。

それにドキリとした芹香が口をつぐむと、新堂がおもむろに席を立ってさらりと言った。

「わかった。じゃあ、行こうか」

「えっ、どこに」

「俺たちの部屋。それともまだ飲み足りない？」

「ううん」

手を差し伸べられた芹香は、それをそっと握る。

バーを出て部屋に戻るまでのあいだ、廊下を歩きながら心臓がドキドキしていた。彼の手は自分よりもはるかに大きく、その乾いた感触と体温を強く意識する。

室内に入ると、リビングの続き間である和室には布団が一組敷かれていた。しかしその前を通り過ぎ、新堂は芹香の手を引いてベッドルームに足を向ける。

「あの、わたしシャワーに……」

逃げるつもりはないものの、もう少し心の準備をする時間が欲しくて芹香がそう言ったところ、彼がおもむろに自身が着ていたジャケットを脱ぐ。

中に着ていたカットソーも頭から脱ぐと、均整の取れた上半身があらわになった。思いがけず新堂の裸体を見ることになってしまった芹香は、ぎょっとして声を上げる。

「ちょっ、何でいきなり脱いでるの」

「何でって、セックスするんだろ？　モタモタして『やっぱり気が変わった』って言われるのは嫌だし」

彼の身体は無駄なところがなく引き締まり、すっきりとした首筋や喉仏、適度に筋肉がついている腕が男らしく、色気がある。

服を脱いだせいで髪がわずかに乱れていて、端整な顔立ちにほんの少しの野性味を添えていた。新堂がこちらに向き直り、芹香を見下ろすとニッコリ笑って言う。

「平木さんも脱ごうか」

「あ……っ」

プルオーバーに手を掛けられ、あっという間に脱がされる。ブラ一枚になった芹香が狼狽《ろうばい》した瞬間、グイッと身体を抱き寄せられ、彼が覆い被さるように口づけてきた。

「ん……っ」

肉厚な舌がぬるっと口腔《こうくう》に入り込み、じっくりと絡められる。

表面を擦り合わされると新堂が先ほどまで飲んでいたウイスキーの香りがし、芹香は頭がクラクラした。うっすら目を開けた途端、間近に彼の整った顔があり、じわりと体温が上がる。これから自分たちが何をしようとしているかを強烈に意識して、頭が煮えそうになっていた。

「あ……」

キングサイズのベッドに誘《いざな》われ、新堂がこちらの身体を後ろから抱き込む形で腰を下ろす。背中に彼の裸の上半身を感じ、その硬さと体温にドキドキした。新堂の両手が芹香の胸を包み込み、耳元でささやく。

「黒い下着、色っぽいね。平木さんの白い肌に映えて」

やんわりと揉《も》みしだかれ、大きな手の中でたわむふくらみが淫靡《いんび》で、呼吸が乱れる。誰かと抱き合うのは一年ぶりで、ひどく緊張していた。しかも旅先でこんな展開になるとは夢にも思わず、先ほどから心臓の音が鳴り止まない。

「んっ」

ふいにブラ越しに先端部分を摘まれ、思わず息を詰める。

カップの下でそこが硬くなっていくのがわかり、恥ずかしさをおぼえた。やがて彼の手がカップを引き下ろし、ふくらみをあらわにされて、頂《いただき》を直接指で嬲《なぶ》られる。

「あっ……んっ、……は……っ」

先端を縊《くび》り出すようにされると疼痛《とうつう》が走り、芹香はかすかに顔を歪《ゆが》める。

痛みの中にも快感めいたものがあり、乳暈《にゅううん》の辺りをくすぐるようにされたり尖《とが》りをピンと弾《はじ》かれると落ち着かず、新堂の手を押さえて言った。

「……っ、そこばっかり、嫌……」

「じゃあ、こっちも触る?」

彼の手がスカートをまくり、太ももをスルリと撫《な》で上げる。

大きく脚を開かされた芹香は、かあっと顔を赤らめた。咄嗟に脚を閉じようとしたものの、新堂はそれを許さず、下着のクロッチ部分に触れてくる。

「……ん、っ」

割れ目の辺りを布越しに擦られ、思わずビクッと腰が跳ねてしまう。

そうしながらも彼の唇がこめかみに触れ、背後から深く抱き込まれて逃げ場がない状況に芹香は声を上げた。

「し、新堂くん……」

「ん？」

「この恰好……」

すると新堂がひそやかに笑い、クロッチを横にずらして直接花弁に触れながら言う。

「大丈夫だから、力抜いてて」

彼の指が会陰をなぞり、にじみ出た愛液を指で掬《すく》い取って、花芽を押し潰した。

そのままぬるぬると嬲られ、じんとした甘い愉悦が湧き起こるのを感じながら、芹香は声を出すまいとぐっと唇を噛《か》む。

「んっ……ふっ、……ぅ……っ」

大きく脚を広げられているため、自分がどんなことをされているのかがつぶさにわかって、恥ずかしくてたまらない。だが新堂の手つきに粗暴なところはなく、こちらの身体を傷つけないように気遣っているのが伝わってきて、芹香は複雑な気持ちになる。

（わたしのことを好きなわけじゃないのに、こんなに優しいのってずるい。……勘違いしそうになる）

花芽を弄られているうちに蜜口《みつくち》がしとどに潤み、ヒクリと蠢《うごめ》く。それに気づいた彼が、片方の手で芹香の太ももを押さえて言った。

「指、挿《い》れるよ」

「んん……っ」

新堂の二本の指が蜜口に埋められていき、そのゴツゴツとした感触に芹香は腰を跳ねさせる。

彼の指は長く、根元まで埋めると最奥まで到達して、内壁がきゅうっと締めつけた。大きく脚を広げたまま指を抽送され、芹香は背をしならせて喘《あえ》ぐ。

「あっ、あっ、待って……っ」

「狭いね。これはだいぶ解《ほぐ》さなきゃ駄目かな」

「やぁっ……！」

硬い指が内壁をなぞりつつ繰り返し奥まで埋められて、抽送のたびにぐちゅぐちゅと淫《みだ》らな水音が立つ。どのくらいそうされていたのか、ようやく指を引き抜かれてホッとしたのも束《つか》の間、新堂がこちらの身体をベッドに押し倒してきた。

そして芹香のスカートと下着を脱がせたあと、脚を広げて身を屈め、濡れそぼった花弁に吸いついてくる。

「あっ……！」

熱い舌がぬるぬると秘所を這《は》い回り、溢《あふ》れ出た愛液を舐《な》め取ったあと、花芽を強く吸われる。

そのたびに眼裏《まなうら》がチカチカするほどの鋭い快感がこみ上げ、芹香は腕を伸ばして彼の頭に触れて言った。

「やっ、舐めないで……っ」

「気持ちいいことしかしてないだろ。平木さん、こういうの嫌い？」

「お、おかしくなっちゃうから……っ」

涙目でそう訴えると、新堂がこちらの脚の間に顔を埋めたまま視線だけを上げてクスリと笑う。

「いいね。いつもより余裕がない平木さん、すごく可愛い」

再び秘所に吸いつかれ、中に指まで挿れられて、芹香はさんざん喘がされる。

やがて感じすぎてぐったりした頃、彼が身体を起こして手の甲で口元を拭《ぬぐ》った。そして一旦ベッドから下りると、バッグの中から避妊具を取り出して戻ってくる。

それを見た芹香は、所在なく脚を閉じながら小さく問いかけた。

「……何でそんなもの持ってるの」

「まあ、成人男性のたしなみとして」

高校時代こそ陰キャだった新堂だが、今の彼は誰もが振り返るような容姿の持ち主だ。顔や家柄に目が眩《くら》んだ女性たちにはうんざりしていたというが、やはりそれなりの経験があるのだろうか。そんな思いがこみ上げてモヤモヤしたものの、結局何も言えずに押し黙る。

そんなこちらをよそに、再びベッドに上がった新堂が自身のスラックスの前をくつろげた。するとすっかり昂《たかぶ》った性器があらわになり、芹香はじわりと頬を熱くする。

（すごい、大きい。……こういうことをするのは久しぶりなんだけど、大丈夫かな）

きれいな顔をした彼に凶悪なものがついているのが卑猥《ひわい》で、にわかに落ち着かない気持ちになる。そんな様子を見た新堂が、こちらを見下ろして問いかけてきた。

「どうしたの、そんな顔して。やっぱりやめる？」

「えっ」

「言っただろ、無理強いする気はないって。平木さんがしたくないなら、今夜はこのまま寝ようか」

そう言って彼が着けたばかりの避妊具を取り去ろうとして、芹香は急いで腕を伸ばしてそれを押し留《とど》める。

「別にしたくないなんて言ってないでしょ。何でそんなこと言うの」

「でも――……」

芹香は彼の首に手をかけてグイッと引き寄せ、自らその唇を塞ぐ。そして吐息の触れる距離でささやいた。

「わたしは新堂くんとの契約から、逃げるつもりはない。あなたは〝夫〟としてわたしを抱く権利があるんだから、何も遠慮しなくていいよ」

すると新堂がじっとこちらを見つめ、ポツリとつぶやいた。

「……そっか。権利か」

彼の表情がどこかやるせなく見え、芹香はその理由を聞こうと口を開きかける。

しかし自身の幹《みき》をつかんだ新堂がいきり立ったものを秘所に擦りつけ、切っ先を蜜口にめり込ませてきて、思わず声を上げた。

「あ……っ」

亀頭をのみ込まされ、太い幹が内壁を擦りながら奥へと進み始める。その硬さと質量に圧迫感をおぼえた芹香は、彼の二の腕をつかんで喘いだ。

「……っ……ぁっ……あ……っ」

新堂がわずかに乱れた前髪の隙間からこちらを見つめてきて、欲情をにじませたその眼差しに身体が熱くなる。

体内に埋められていく楔《くさび》は灼熱《しゃくねつ》の棒のように硬く、柔襞《やわひだ》がビクビクと震えながら締めつけていた。やがて根元近くまで自身をのみ込ませた彼が、熱い息を吐いて言う。

「ほとんど挿入《はい》ったけど、どんな感じ?」

「……っ……ちょっと、苦し……」

「うん。入り口がいっぱいに拡《ひろ》がって俺を咥《くわ》え込んでるの、すっげーいやらしい」

緩やかに腰を動かされ、そのたびに「あっ、あっ」と声が出て、芹香は自分にまったく余裕がないのを感じる。

ずっしりとした質量のあるものを身体の奥深くまでのみ込まされ、内臓がせり上がるような圧迫感で息が止まりそうになっていた。上半身裸の新堂には滴《したた》るような色気があり、広い肩幅や適度に筋肉がついた腕、無駄なく引き締まった腹部が男らしく、そんな彼と身体を繋《つな》げているのだと意識した芹香は思わずきゅうっと楔を締めつけてしまう。

すると一分の隙もなく密着した隘路《あいろ》が剛直の太さや熱さをまざまざと伝えてきて、色めいた吐息が漏れた。そんな芹香を見下ろした新堂が、こちらの膝裏をつかんで腰を入れながら言う。

「もう少し、奥まで挿れるよ」

「んぁっ……！」

ずんと深く穿《うが》たれ、腰と腰が密着して、芹香は高い声を上げる。

そのまま律動を開始され、彼の動きに翻弄された。小刻みに奥を突き上げたかと思えば、抜け落ちてしまいそうなほど長いストロークで啼《な》かされ、ゾクゾクとした感覚がこみ上げる。

いつしか隘路は愛液でぬるぬるになり、最初に感じた苦しさは遠ざかっていた。芹香の声でそれがわかるのか、新堂の動きは次第に遠慮のないものになり、激しい抽送で揺さぶってくる。

「はぁっ……ぁっ……新堂く……っ」

「……っ、〝夫婦〟だっていうんなら、その呼び方はおかしいんじゃないの」

芹香が新堂を見つめると、彼が律動を止めないまま吐息交じりの声で言う。

「だって君も同じ苗字《みょうじ》だろ。いい加減名前で呼ぶべきなんじゃないかな、俺のこと」

「……千秋、くん……？」

「うん。――芹香」

新堂に下の名前を呼ばれた途端、自分でも意外なほど胸がきゅんとして、それに呼応した内部がビクビクとわななく。

彼が心地よさそうな息を吐き、上体を倒して結合を深めながらささやいた。

「俺たち、身体の相性がいいかもな。もし早く達《い》っちゃったらごめん」

「あっ……！」

奥の奥までみっちりと満たされ、突き入れたもので子宮口をぐりぐりと抉《えぐ》られる。

芹香が背をしならせて達すると、新堂はなおも切っ先でそこばかりを責め立ててきて、息も絶え絶えに訴えた。

「やっ……待っ……」

「はっ、中狭くて気持ちいい……キスしようか、芹香」

「んぅっ……」

律動を緩めないまま彼が唇を塞いできて、芹香の目から生理的な涙がポロリと零《こぼ》れ落ちる。どこもかしこもいっぱいにされているのが苦しいのに、全身が性感帯になったように感じてしまい、中を締めつける動きが止まらない。新堂の舌を舐め返すとより濃密に貪《むさぼ》られ、ようやく唇を離されたときには互いの間を唾液が透明な糸を引いていた。

彼が自身の唇の端を舐め、欲情のにじんだ声でつぶやく。

「やばいな。こんなにグズグズになるなんて、可愛すぎだ」

「あ……っ！」

深く腰を入れ、両方の太ももを押さえながら何度も突き上げられて、芹香は嵐のような律動に耐える。身体の奥にどんどん快楽が蓄積されていき、今にもパチンと弾けてしまいそうな感覚に追い詰められていた。

（あ……また来ちゃう……っ）

亀頭で最奥を抉られた瞬間、頭が真っ白になるほどの快感が突き抜けて、芹香はビクッと身体を震わせて二度目の絶頂を極める。

すると間を置かずに新堂が息を詰め、ドクリと熱を放つのがわかった。

「……っ」

「は……っ」

薄い膜越しでも熱い体液が放たれたのがわかって、内襞が射精を促すようにゾロリと蠢いた。何度か腰を揺らしてすべてを吐き出した彼が、わななく内部の感触を味わったあと、充足の息をついて自身を引き抜いていく。

「ぁ……っ」

蜜口から愛液がトロリと溢れ出るのを感じながら、芹香は疲労をおぼえてシーツに横たわった。心には新堂と抱き合ってしまったことへの戸惑いが強くあり、何ともいえない気持ちになる。すると彼がこちらの髪に触れ、問いかけてきた。

「ごめん、無理させたかな」

「……平気……」

「どこか痛いところとかない？」

芹香が首を横に振ると、彼はホッとした様子を見せ、後始末を始める。

それをぼんやり見つめながら、芹香は急速に眠気をおぼえていた。

（メイクを落としてないんだから、シャワーを浴びなきゃ。……でも、すごく眠い……）

「何か飲む？　……芹香？」

新堂が声をかけてきているのがわかったが、何と答えたのかわからない。

重い疲労を感じつつ、芹香はそのまま深い眠りに落ちていた。

第四章

システムエンジニアである新堂が手掛けるのは、企業の業務システムや基幹システムの設計開発、データベースの構築などで、その内容は多岐に亘る。

システム導入には高度なＩＴ知識と技術が必要になるものの、多くの企業はエンジニアを抱えておらず、独自の開発力のない企業に代わってシステム開発を行うのがSIer《エスアイヤー》と呼ばれる会社やフリーランスのシステムエンジニアだ。

新堂は大学卒業後に四年間、証券会社の流れを汲《く》む金融系SIerに在籍し、二年前に独立してからはエージェント会社経由で客先非常駐型の委任案件を請け負っていた。

自宅にいるときは大抵仕事部屋でパソコンに向き合っており、ときどき電話やリモートで打ち合わせたり、クライアント先を訪れたりする。その合間に資産管理会社の仕事として投資先の検討をするため、かなり多忙だ。

だがこの一ヵ月半ほどはリサーチ業務を芹香に手伝ってもらっていて、かなり助かっている。夕方の時間帯、作業の手を止めた新堂はふと彼女の顔を思い浮かべた。

（芹香に秘書業務を頼んだときは、航空券の手配とかスケジュール管理、電話対応くらいを適当にやってくれれば御の字だと思ってた。でも彼女があんなに有能だなんて）

入籍と同時に新堂アセットマネジメント株式会社の役員となり、秘書業務を始めた芹香は、すぐにその仕事に真剣に取り組み始めた。

新堂が目星をつけた物件周辺の公共施設やレストラン、アクティビティといったユーザーに価値のある要素をピックアップし、現地を訪問するまでにできるかぎり情報収集を行うのが仕事だが、彼女はネットの口コミだけではなくさまざまな雑誌を取り寄せて目的地を精査し、視察する場所を厳選している。

実際に現地を訪れてからは、建物の雰囲気や料理の写真、味などを細かく記録した独自のレポートを作成していて、その努力には目を瞠《みは》るものがあった。芹香いわく、「自分は富裕層の暮らしに馴染みがないから、勉強の意味で記録している」とのことだったが、それは〝妻〟として新堂に恥をかかせまいという意識の表れであり、ぐっと心をつかまれた。

（彼女が結婚した途端に浮ついた態度を取っていたら、きっと俺は「やっぱり女はこういうものなんだ」って考えて冷めていた。でも芹香は入籍したあとも俺が何かプレゼントするたびに恐縮してるし、どこに行っても目を輝かせて「すごいね」「美味しいね」って喜

んでくれる。だからかな、強く惹きつけられたのは）

芹香の無邪気さや欲のなさは新堂にとって眩《まぶ》しく、一緒に暮らし始めてから加速度的に好きな気持ちが強まるのを感じていた。だが彼女のほうはこの関係を〝ビジネス〟だと割りきっており、こちらがそんな想いを抱いているとは微塵も感じていない。

そのため、新堂はどういうふうにアプローチするべきか手をこまねいていた。いきなり想いを伝えても、芹香は「約束が違う」と言って及び腰になるかもしれない。もしかすると離婚を申し出てくるかもしれず、それだけはどうしても避けたかった。

ならばどうするか――そう考えていた矢先、自動車免許の取得費用を出すと申し出た際に彼女から「わたしたちはビジネスの関係なんだから、そこまでする必要はない」と告げられた新堂は、ある決断をした。

（あくまでも彼女がそういう考えなら、方針変更だ。――先に身体から手に入れよう）

かといって無理やりするつもりはなく、あくまでも合意の上だ。

気持ちはあとからついてくればいいと考えた新堂は、こちらとの金銭感覚の違いを埋められずにいる芹香に「引け目を解消する方法がある」「平木さん、俺と寝てみる？」と提案した。

その発言を聞いた彼女が、どういうふうに感じたのかはわからない。しかし一瞬沈黙した芹香は、すぐに笑って「いいよ」と答えた。

嫌いなタイプではないからという発言はひどくドライで、新堂は複雑な気持ちになった。

(こんなに安請け合いするってことは、芹香は性行為に対するハードルが低いのかな。それとも言葉どおり、俺が嫌いなタイプじゃないから別に構わないってことなのか)

しかし本人の了承が取れたのなら遠慮する理由はなく、新堂は芹香を抱いた。

彼女の身体は細いのにどこもかしこも柔らかく、欲情を煽《あお》った。何よりも惹きつけられたのは、その感じやすさと反応だ。普段涼しい顔をしている芹香は、こちらの手管にたやすくぐずぐずになり、きれいな顔を真っ赤にしながら涙目になる様《さま》にひどくギャップがあった。

あれから一週間が経つが、新堂はほぼ毎日彼女を抱いている。一度身体の関係ができると箍《たが》が外れ、自宅にいるときはふとした瞬間にキスをしたり抱き寄せるといったスキンシップを取るようになったが、そのたびに初心《うぶ》な反応をする芹香が可愛かった。

(男とのつきあいに慣れてるのかと思えばキスひとつで狼狽《うろた》えたり、つかみどころがない。もしかしてあんまり経験がないんだろうか)

新堂の目から見た彼女は、きれいな女性だ。

スラリとした体形や整った顔立ちは目を引き、美意識が高く着こなしも洗練されている。

決して男にもてないタイプではなく、過去に何人とつきあったのかが気になって仕方なかったが、新堂は聞きたい気持ちをぐっと抑え込んだ。

（落ち着け。そんなことを聞けば空気を悪くするだけだし、知ったところで今さらどうしようもないんだから、スルーするしかない。今後のことを考えるほうが建設的だ）

初めて芹香を抱いたときは、ようやく彼女を手に入れた喜びで感慨深い気持ちになった。

高校時代に仄かな想いを抱き、一緒に暮らすうちにそれが明確な恋愛感情となって、今の新堂は彼女と〝契約〟ではない関係になりたくてたまらなくなっている。だがそれには段階を踏むべきだと、よくわかっていた。

（俺は芹香のことが好きだけど、彼女は金銭的な負い目からくる義務感でこっちの要求に応えている可能性が高い。だったら急に距離を詰めるのは明らかに悪手だ）

芹香とは数年後、どちらかにその意志があれば離婚に応じる旨の契約を交わしているが、今はまだ猶予《ゆうよ》がある。

ならば自分は数年間のアドバンテージを生かし、彼女に好きになってもらえるように努力するべきだ。そのためにはどれだけ金がかかっても惜しくないものの、芹香自身に物欲がないのが難点だった。

（俺が高価なものをプレゼントしても、喜ぶというより腰が引けてるもんな。だったらど

こかに連れてって、美味《うま》いものを食べさせるほうがいいか）

これまで彼女とは国内の現地視察には何度も行っているが、外国はまだない。ならば新婚旅行を兼ねてどこかのリゾートを訪れれば、芹香は喜んでくれるかもしれない。そう考えた新堂は、世界の主要都市の利回りや平米単価がわかるサイトにアクセスし、地価が上がっている地域を吟味する。

そしてしばらく作業したあとでふと時刻を見ると、午後四時を過ぎていた。立ち上がった新堂が仕事部屋を出てリビングに下りると、ソファに座った芹香がノートパソコンに向かっている。彼女はこちらを見て、声をかけてきた。

「お疲れさま。何か飲む？」

「いや。今日の夕飯、芹香は何が食べたいかなと思って。店を予約するならしておかないと」

普段から食事は、外食がメインだ。

週に四回入れている家事代行サービスの女性は、掃除や雑務の他に何品かの料理を作り置きし、朝食用に近所のブーランジェリーのパンを数種類常備してくれているが、夕食はもっぱら外食で済ませている。

今日はローテーション的にいえば和食だが、彼女が希望するならフレンチでも中華でも構わない。新堂がそう考えていると、彼女がノートパソコンを閉じて言った。

「あのね、前から思ってたんだけど、この家にはすごく立派なキッチンがあるのに使わないの勿体ないよ。せっかく調理器具も揃《そろ》ってるんだし、もっと活用したら？」

「じゃあケータリングでも頼んで、うちのキッチンで料理してもらう？　これから連絡して、すぐ来てくれるところがあるかな」

頭の中でいくつか思い浮かべながらそうつぶやくと、芹香が思いがけないことを言う。

「そうじゃなくて、わたしが作ればいいんじゃないかなって」

「芹香が？」

「うん。うちは母子家庭だったから、わたしは中学くらいからずっと料理をしてきたの。シェフが作るような本格的なものは無理だけど、家庭料理なら一通り作れるよ」

それを聞いた新堂は、困惑しながら告げた。

「気持ちはうれしいけど、俺は芹香にそういう労働をさせたいわけじゃない。外食したほうが食材の準備もいらないし、いろいろ楽だろ。外に出ればあらゆるジャンルの飲食店があるんだから、その中から食べたいものを選べばいいんじゃない？」

「千秋くんは外食するのに慣れててそう思うのかもしれないけど、正直言ってわたしは家庭料理が食べたくて仕方ないの。いつもするって言ってるわけじゃなくて、家にいるときはたまにはさせてほしいかなって。駄目？」

食い下がってくる彼女に根負けした新堂は、小さく息をついて答える。

「わかった、だったら今日は芹香に手料理をお願いする。何を作ってくれるの？」

「それは買い物に行って、実際に食材を見てから決めようかな」

「じゃあ、俺も一緒に行くよ」

自宅の近所にはいくつかの高級スーパーがあるものの、芹香はその中でも庶民的な店舗に入り、食材をじっくり吟味する。

それから自宅に戻って早速キッチンで料理を始めたが、下拵《したごしら》えをする手つきはよどみなく、カウンターに座ってその様子を眺める新堂はすっかり感心してしまった。

「すごい、手際がいいね」

「そう？　料理をするのが久しぶりだし、ここのキッチンを使い慣れてるわけじゃないから、結構モタモタしてるよ。千秋くん、苦手な食べ物はないんだよね？」

「うん」

一時間半ほどで出来上がったのは、彩り豊かな料理だった。

アボカドとクリームチーズのキムチ和えには韓国海苔《かんこくのり》が載っており、じゃがいもと手羽先の煮物は照りよく艶やかで食欲をそそる香りを漂わせている。あさりのバター蒸しはきのこと一緒に蒸されていて、仕上げの醤油《しょうゆ》がアクセントになっており、他に蛸《たこ》とセロリとミニトマトのバジルソース、具だくさんの豚汁と炊きたてのご飯が並ぶテーブルは壮観だ。

「すごい。あれだけの食材で、こんなに料理が作れるのか」

「ちょっと作りすぎちゃったけど、残ったら明日も食べられるから」

新堂は「いただきます」と言って箸を取り、早速豚汁に口をつける。

たっぷりの根菜と蒟蒻《こんにゃく》、豚肉が入った汁は滋味豊かで、仕上げに振ったすり胡麻《ごま》が香りとコクをプラスしていた。じゃがいもと手羽先の煮物は甘辛の味がしっかり染み込み、副菜がそれぞれちょうどいい箸休めになっている。

「美味いな。家庭料理ってあまり食べたことがないんだけど、どれも味つけがちょうどいい。芹香が料理が上手いだなんて知らなかった」

「口に合ってよかった。わたし、傍《はた》からは全然家事をしなそうに見えるみたいなんだけど、料理だけは昔からやってきた分ちょっとだけ自信があるんだ。よかったら今度、カレーとか作ろうか。うちは使う肉によって具材を変えてたの」

「具材？」

「そう。鶏肉《とりにく》のときは大きめに切った肉を先にヨーグルトでマリネして、玉ねぎと人参はみじん切り。豚肉のときはじゃがいもと人参、玉ねぎのゴロゴロ具材で、いかにもおうちカレーって感じ」

家庭で作るカレーを食べたことがない新堂は、ひどく興味をそそられる。

そうしながらも、楽しそうに話す芹香の顔を見て心が疼《うず》いた。こんなふうに無邪気に笑い、手料理まで振る舞ってくれる彼女だが、こちらをかりそめの〝夫〟としてしか見ていない。

身体の関係ができてからも、芹香が自分と一定の距離を保とうとしているのを新堂は肌で感じていて、それにもどかしさをおぼえていた。しかしそんな気持ちをよそに、彼女が不思議そうに問いかけてくる。

「どうしたの、千秋くん。ぼーっとして」

「いや。何でもない」

食事が終わったあとは、二人で後片づけをした。

芹香は食器類を予洗いして食洗機に入れ、調理器具を片づけたあとシンクまできれいに磨き上げる。そしてこちらを見上げて言った。

「コーヒーでも飲む？　晩酌《ばんしゃく》のほうがいいなら、何かつまめるものを用意するけど」

新堂は答えずにわずかに身を屈め、彼女の唇にキスをする。芹香が驚いた顔をして何か言いかけたものの、再びその唇を塞ぐと、今度は口腔に押し入って舌を絡めた。

「ん……っ」

ぬるつく舌同士を絡め、側面をなぞったり喉奥まで探る動きに、彼女がくぐもった声を漏らす。

キスを続けながらその表情を観察すると、芹香は既に目を潤ませて顔を上気させていた。そして新堂の視線に気づき、唇を離して気まずげに横を向く。

「そ、そうやってじっと見るのやめてよ……」

「何で？」

「千秋くん、自分の顔がいいのがわかってて、わざとそういうことをしてるでしょ」

確かに顔を出すようになってから、新堂はその容貌を褒められるようになった。

自分がじっと見つめることで女性がどんな反応をするか、まったく知らないと言えば嘘になる。整った容姿を上手く使えば商談や人間関係を円滑に進めることができるという実感を、これまで何度も経験しているからだ。

彼女の身体を抱き寄せた新堂は、とびきり甘い表情でささやく。

「そりゃそうだよ。俺は芹香をその気にさせたくてたまらないんだから」

「その気って……」

「やりたい気持ちってこと。芹香がしたくないのに俺につきあわせるのは、対等じゃないだろ」

するとと芹香が、ムッとした顔をして答える。

「なあに、それ。わたしがいかにも〝やりたい〟っていう顔をしてるときしか、千秋くんは手を出してなかったって言いたいの？」

「そういう意味じゃなくて、オッケーな雰囲気のときしかやってないはずだけど」

そんな新堂の言葉に、彼女がじわりと頬を染めてモソモソと言う。

「だって新堂くんの欲求に応えるのは、妻であるわたしの〝義務〟でしょ。……だから」

義務——という言葉を使われて、新堂はザラリとした不快感をおぼえる。

確かに自分たちの結婚は〝契約〟で、恋愛から発展した関係ではない。しかし芹香の言動から心の距離を感じるたびに、新堂の中には鬱屈した思いが募っていた。

（こんなふうに思うのは、俺の一方的な都合だ。芹香は妻として一生懸命やってくれてるし、俺が抱こうとしたときに拒んだことはない。……でも）

それが義務感からきているなら、こんなに虚《むな》しいことはない。

だが自分たちの関係性からいえば、芹香の反応は至って正しいのだろう。そう結論づけた新堂は、彼女を見下ろしてニッコリ笑顔で告げる。

「じゃあ芹香は、俺が求めればどんなことでも応えてくれるってことでいいかな」

「それは……善処するつもりだけど」

「そっか。だったら口でできる？」

芹香がびっくりした顔でこちらを見上げ、問い返してきた。

「口でって――あの、ここで？」

「うん」

抱き寄せた身体に腰を密着させ、半ば兆《きざ》した自身をアピールすると、彼女がかあっと頬を染めて言う。

「ここはキッチンなのに、何でちょっと硬くしてるの」

「芹香の身体に触れたから。無理ならしなくていいけど、どうする？」

その言葉に負けん気を刺激されたのか、芹香が頑なな表情になって答えた。

「いいよ。……する」

彼女が目の前にしゃがみ込み、新堂のスラックスのジッパーを下ろす。

すると昂りが跳ねるように現れ、芹香が一瞬たじろいだのがわかった。だがすぐに幹の部分を持ち、先端に唇を押し当ててくる。

「ん……」

濡れた舌先が亀頭をチロリと舐め、ちゅっと吸いついてきて、屹立が硬度を増す。

最初遠慮がちだった彼女の動きは次第に大胆になり、温かな口腔に包み込まれた新堂は熱い息を吐いた。芹香のきれいな顔が自分の股間にあり、性器を舐めていると思うだけで興奮が高まる。

いつしか剛直は硬くなり、隆々と天を仰いでいた。腕を伸ばして彼女の頬に触れた新堂は、吐息交じりの声でささやく。

「芹香、顔上げて」

「――……」

「俺の目を見ながら、横から咥えて」

芹香が視線を上げ、口から出した昂りの幹の部分を横から咥える。

その淫らさを目の当たりにした新堂は、ゾクゾクとした感覚がこみ上げるのを感じつつ、彼女の頭を撫でて言った。

「上手だ。もっと舌を出して、いやらしく舐めて……そう」

芹香はこちらの言うことに従順に従うものの、頬が上気して目が潤んでいる。

淫らな要望に素直に応じるのは、それが彼女にとって〝義務〟だからだ。本音ではしたくないと思っていても、こちらが今まで使った金額を引け目に感じて従っている――そう考えるとたまらなくなり、新堂は芹香の二の腕をつかんで身体をグイッと上に引き上げる。

そして彼女の顎《あご》をつかみ、深く口づけた。

「ん……っ」

口腔に押し入り、貪るように舌を絡める。

たった今自分の性器を舐めていたものだが、まったく構わなかった。ざらつく表面を擦り合わせ、混ざり合った唾液を啜《すす》る。喉奥まで深く押し入り、舌が抜けそうなほど強く吸い上げると、芹香がくぐもった声を漏らした。

「うっ……んっ……ふ……っ」

一旦唇を離して彼女に息継ぎをするゆとりを持たせ、角度を変えて再び口づける。

今度はゆるゆると舌を絡めると芹香があえかな吐息を漏らし、新堂は表面を何度かついばんでようやくキスを解いた。そして息を乱す彼女と額を合わせ、問いかける。

「ごめん、口でさせて。嫌だった?」

「嫌じゃないよ。でも、わたしはそんなに上手じゃないから……」

「充分気持ちよかった。ベッドに連れてってもいいかな」

芹香が頷き、おざなりにスラックスを整えた新堂は、彼女の手を引いて自室に移動する。

そこは十八畳の広さで大型のウォークインクローゼットを併設しており、ダークカラーの家具とウッド、観葉植物をマテリアルとしたシックな空間だった。クイーンサイズのべッドはロータイプで、グレーのリネンが落ち着いた雰囲気を醸し出している。

ベッドの縁に腰掛けた新堂は、芹香の身体を抱き寄せてその胸元に顔を埋めた。甘い匂いを吸い込みながら彼女のスカートをまくり上げ、ストッキング越しに下着に触れる。

そしてそれを脱がせ、膝の上に誘《いざな》った。シフォンのブラウスの前ボタンをすべて外し、ブラに包まれた胸のふくらみにキスをする。自身の腰を跨《また》いだ状態の芹香の秘所に直に触れると、そこは既に潤んでいた。

「濡れてる。俺のを舐めながら、興奮してた？」

「……っ」

「指、挿れるよ」

蜜口から二本の指を埋め、みっちりと狭い内部を解すように抽送する。

すぐにぬちゅぬちゅと粘度のある水音が立ち始め、愛液の分泌が増えて、膝立ちでこちらの腰を跨ぐ形の彼女が新堂の首にしがみついてきた。

「あっ……はぁっ……あ……っ」

内壁がビクビクと指を締めつけ、新堂は根元まで埋めたもので最奥を抉る。ぬめる柔襞の感触が心地よく、ときおりグルリと旋回させたり、指の腹で隘路をなぞるように動かすと、とろみのある愛液が手のひらまで滴ってきた。

「中、ぬるぬるだ。このまま指で達く？」

「……っ」

芹香が首を横に振り、一旦指を引き抜いた新堂は、ベッドサイドの引き出しから避妊具を取り出す。そして自身に装着し、彼女の腰に触れてささやいた。

「じゃあ、芹香が自分で挿れてみせて」

幹の部分をつかんで先端を蜜口にあてがってやると、芹香がそろそろと腰を下ろす。潤沢に濡れた秘所に亀頭がのみ込まれ、彼女が眉根を寄せながら少しずつ幹の部分を受け入れ始めた。姿勢のせいでいつもよりきつく感じる内部がうねるように締めつけてきて、新堂は熱い息を吐く。

「は……っ、狭い」

「……っ……ぅっ……は……っ」

目の前で揺れる胸のふくらみは形が美しく、欲情をそそられた新堂は、ブラのカップをずらしてあらわになった先端に舌を這わせる。

清楚《せいそ》な色のそこは刺激を受けてすぐに硬くなり、吸いついた途端に隘路がきゅうっと窄《すぼ》まった。ふくらみをつかんで乳暈を舐めると中がゾロリと蠢き、芹香が息を乱しながら肉杭を根元まで受け入れる。

「はぁっ……」

腰と腰が密着し、ビクビクとわななく内部に快感をおぼえた新堂は、彼女の身体を抱き寄せて首筋に唇を這わせる。

細い首から鎖骨、胸元までをなぞる動きに芹香が喘ぎ、目が合った瞬間にその後頭部を引き寄せて唇を塞いだ。

「んっ……」

舌を絡めつつ下から腰を突き上げ、新堂は律動を開始する。

自分の体重で奥深くまで楔を受け入れる形になった彼女は圧迫感が強いらしく、キスをしながら小さく呻《うめ》いた。しかし時間の経過と共に少しずつ中が馴染み、愛液のおかげで動きが容易になる。芹香の腰を抱えた新堂は、かすかに息を乱しながら言った。

「……っ、すっごい。……気持ちいい」

「……っ」

「芹香は？」

するると彼女は快楽のにじんだ目でこちらを見つめ、切れ切れに応える。

「……っ……気持ち、い……けど……っ」

「けど？」

問い返した途端、芹香はムッとした顔をして新堂が着ているシャツを引っ張ってくる。

「わたしばっかり乱されてるの、狡《ずる》い。……これ脱いで」

「うん」

五分袖のTシャツに手を掛けて頭から脱ぐと、彼女がぐっと腕に力を込めて新堂の身体を押し倒してくる。そして騎乗位の姿勢で見下ろし、こちらの裸の腹筋をなぞって言った。

「千秋くん、インドアな仕事なのに身体が引き締まってるよね」

「打ち合わせで外に出るついでに、週二くらいの頻度でジムに通ってる。隙間時間を利用して、このレジデンスの中にあるフィットネスルームで身体を動かしたり」

「そうなんだ」

芹香が腰をわずかに動かすと接合部がぬるりと滑り、根元まで埋まったものの切っ先が最奥をグリッと抉る。

彼女が「んっ」と声を上げ、そのままゆるゆると動き始めて、新堂は眩暈《めまい》がするような愉悦を味わった。かすかに眉根を寄せ、悩ましげな表情で腰を動かす芹香は色っぽく、ときおり漏らす息や声が喩《たと》えようもなく甘い。

両手を握り合わせると彼女がぎゅっと力を込めてきて、さらに腰を揺らめかせる。ぬちゅぬちゅという水音が大きくなり、中が断続的に締めつけてきて、芹香が感じていることが如実に伝わってきた。

「ぁっ……は……っ、千秋、くん……」

快楽のにじんだ目で見下ろされ、新堂は「こんな目で見つめてくるのに、彼女の中での自分は〝特別〟ではないのだ」ともどかしさをおぼえる。

急に距離を詰めて逃げられる事態だけは避けなければならず、今はこうして身体を繋げることしかできない。それでも芹香からどうにか言葉を引き出したくてたまらず、新堂は彼女を見上げて問いかける。

「芹香、俺のコレ好き？」

「……っ、好き……」

「もっと言って」

「ぁっ……気持ちい、……千秋くんので奥をグリグリされるの、好き……っ」

きゅうっと肉杭を締めつけながらそんなことを言われ、新堂は笑って告げる。

「俺も好きだよ。そろそろ動いていい？」

「んぁっ！」

下からずんと深く突き上げ、何度も激しい律動を送り込む。

太ももをつかんで楔を打ち込むと芹香の身体が弾み、嬌声《きょうせい》が大きくなった。ベッドが軋《きし》み、室内の空気が濃密になる。どのくらいそうしていたのか、やがて彼女が切羽詰《せっぱつ》まった声を上げながら訴えてきた。

「はぁ……っ、もう達っちゃう……っ」

「いいよ——ほら」

切っ先でグリグリと子宮口を抉った瞬間、中がビクッと震えて、芹香が背をしならせて達する。きつい締めつけに新堂も息を詰め、ほぼ同時に最奥で熱を放った。

「……っ」

ビクビクと激しくわななく隘路が屹立《きつりつ》を締めつけ、新堂は薄い膜の中で射精する。

心地よい疲労の中、彼女が上からぐったりともたれ掛かってきて、その身体を受け止めた。

「大丈夫？」

「……ちょっと、疲れただけ……」

「そっか」

芹香の乱れた髪を撫で、頭をポンポン叩《たた》いて労をねぎらった新堂は、彼女の汗ばんだ身体を抱きしめる。そしてその重みを感じながら問いかけた。

「そういえば芹香、パスポートは持ってる？」

「一応あるけど、旧姓のままでまだ切り替えてない」

「来月の半ばくらいに海外視察を検討中だから、それまでに手続きをしておいてくれるかな」

「それって、わたしも一緒に行くの？」

「もちろん。せっかく結婚したんだし、仕事と新婚旅行を兼ねてっていうのはどうかなと思って。候補としてはシンガポールかパリ、スイスのチューリッヒ辺りかなと考えてる」

するとと芹香が「新婚旅行……」とつぶやき、新堂は彼女の肩に触れて言う。

「もしかして、希望の地域とかある？　言ってくれたら行き先を変更するよ」

「あ、ううん。別に希望はないけど、そういうの考えてくれてたんだなって」

――ずっと考えている。どうすれば芹香が喜んでくれるか、自分を好きになってくれるのかを。

そう思ったものの口には出せず、新堂はやるせなく微笑む。急に距離を詰めて逃げられるのを避けるには、じっくり時間をかけるしかない。それでいくら金がかかったとしても、彼女のためならまったく惜しくはなかった。

そんなふうに考えつつ、新堂は芹香の乱れた髪を撫でて告げる。

「風呂、一緒に入ろうか。お湯を溜《た》めてくるよ」

「別に一緒じゃなくても、わたしは一人で……」

「君は料理をしたあとで俺につきあって疲れてるんだから、今度はこっちがいたわる番だ」

彼女の額にキスをした新堂は、ベッドを下りてバスルームに向かう。

洗面所に入ると大きな鏡にふと目が行き、首筋の辺りに赤い引っ掻《か》き傷があるのに気づいて苦笑いした。

(芹香の爪でやられたのか。こんなふうに跡をつけられるのがうれしいなんて、俺もどうかしてるな)

とはいえ来月の海外視察を思うと、心が躍る。

建前上は仕事だが実質は新婚旅行で、どこに行けば芹香が喜んでくれるかを想像するだけでワクワクした。アジアとヨーロッパではまったく雰囲気が違い、シンガポールの治安のよさと高級リゾートは捨てがたいが、フランスやスイスもロマンチックでいいかもしれない。

微笑んだ新堂はバスルーム内のパネルを操作し、バスタブのお湯を溜め始めながら、彼女との旅行に思いを馳《は》せた。

第五章

四十五畳のリビングダイニングは、端から端まで歩くのも一苦労だ。

ソファやテーブルなどはイタリアの高級家具ブランドのもので、白とグレーを基調としたラグジュアリーな空間となっている。窓から差し込む光で白い壁や家具がグレーがかった色になるのが秀逸で、ところどころに置かれた雑貨やインテリアグリーンが空間に色味を添えていた。

そんな中、ソファの一角に座ってパソコンに向かっていた芹香は小さく息をつく。先ほどから来週訪れる予定の物件候補周辺のリサーチをしているが、まったく身が入らない。

頭に浮かぶのは、〝夫〟である新堂の面影だ。彼と抱き合うようになってから十日ほど経つが、ほぼ毎日の行為にさんざん乱されている。

在宅時の新堂は基本的に仕事をしているものの、リビングに出てきたときは芹香を抱き寄せたりキスをしたりと、まるで恋人のようなスキンシップが増えた。

（話し方は淡々としてるし、クールな見た目をしてるのに、あんなに甘いことをするなんて。……千秋くんは、どういうつもりでわたしに接してるんだろう）

優しい性格の持ち主であることはわかっていたが、再会したときに女性に言い寄られるのが嫌だと語っていたこと、そして入籍後の一ヵ月はそういうそぶりが一切なかったため、すっかり油断していた。

芹香が「新堂に使わせている金に自分の労力が釣り合っていない」という心情を吐露したとき、彼は心理的負担を軽減する手段として性行為を提案した。おそらく新堂には成人男性として当然の性的欲求があり、しかし下手な相手に手を出せば面倒になると考えて、後腐れのない〝妻〟にそうした話を持ちかけたのだろう。

しかしそれを聞いたとき、芹香はひどく複雑だった。なぜなら心の中には、彼への恋愛感情があるからだ。新堂の妻兼秘書として一緒に過ごすうち、その端整な容姿や穏やかな性格に惹かれて、いつのまにか好きになっていた。

しかし自分たちは便宜上夫婦になっただけの関係であり、いわばビジネスでそこに色恋は含まれない。それなのにこちらが恋愛感情を抱いているのを感じ取れば、きっと彼は「失敗した」と考えるはずだ。

もし面倒になった新堂から早期の離婚を告げられたら、きっと立ち直れない。いつか必ず別れが来るのだとしても、一日でも長く一緒にいたい――そう考えた芹香は、彼には絶対に自分の気持ちを気取られまいと心に決めていた。

（でも……）

あんなにも甘い態度を取られたら、期待してしまう。

ベッドでの新堂は巧みで、しぐさや眼差しでまるで恋人同士が抱き合っているかのような錯覚を起こさせるのが厄介《やっかい》だ。ただの性欲処理ならもっと淡々と振る舞えばいいのに、キスやハグが甘く、そのたびに芹香はどんな反応をしていいか迷っていた。

（千秋くんにとっての結婚って勢いだけだったように思えるんだけど、実際のところはどうなんだろ。わたしと一緒に過ごすうちに、少しは心境に変化があったのかな）

きっかけはこちらがリストラされて職も住むところも失ったことで、新堂が元同級生である芹香に同情しただけの〝ボランティア〟なのだと思っていた。

金持ちらしい鷹揚《おうよう》さで困っている自分に施しをし、ついでに女除《おんなよ》けに使えるのでちょうどいいと考えているのだと。

（それなのに……）

彼との生活は思いのほか楽しく、資産管理会社の社長秘書の仕事はカルチャーショックの連続だった。本業はシステムエンジニアだという新堂の仕事の内容を聞かせてもらったが、高度なＩＴ知識と技術が必要なことがわかり、現在は企業に所属していたときの二倍以上の報酬を得ているのだと知って深い尊敬の念が湧いた。

だが今の生活に慣れてしまったら、いつか離婚するときにつらくなる。新堂の優しさや贅沢《ぜいたく》な暮らしは一時のもので、数年の時間が経過したら自分たちの関係は終わりを迎えることを強く肝に銘じておかなければならない。

（でも千秋くんが与えてくれているものの代償としてわたしが何をしてあげられるかって言ったら、結局身体の関係に応じることしかないんだよね。そしていずれ彼が離婚を申し出てきたとき、快く了承するしかない）

ならばその日が来るまで、新堂が求める〝妻〟を完璧に演じるべきだ。

彼の仕事を手伝い、寄ってくる異性の風除けになって、新堂が求めたときには身体の関係に応じる。だが決して恋愛感情は表に出さず、あくまでもビジネスだというスタンスを貫けば、彼は自分と一緒にいることを心地よく思ってくれるに違いない。

そう結論づけたもののシクリと心が疼いて、芹香はかすかに顔を歪める。

（やっぱり結婚生活を仕事にするのは、最初から間違っていたのかも。新たな就職先だと思えば破格の条件だって考えて千秋くんの提案を了承したけど、結局彼のことを好きになっちゃってるわけだし）

小さく息をついた瞬間、スマートフォンが短く電子音を立てて、芹香は手に取って確認する。

するると新堂からメッセージがきており、打ち合わせが長引きそうなため、今夜予約している店に直行したい旨が書かれていた。了解の返事をした芹香はそれからしばらく仕事をし、自室に行って何を着ようか悩む。

（今日は高輪《たかなわ》にある老舗《しにせ》料亭に行くって言ってたけど、どういう恰好がふさわしいのかな。お部屋は和室だから、タイトなスカートじゃないほうがいいよね）

いろいろと考えた結果、優雅な落ち感のあるビスコース生地のグレーのカシュクールワンピースと生成り色のストールを選び、シルバーのスパンコールが華やかなバッグとモーヴピンクのパンプスをアクセントにした。

髪は緩やかに巻き、存在感のあるピアスを着けて鏡の前で着こなしをチェックしたあと、タクシーに乗って予約した料亭に向かう。すると二十代とおぼしき清楚な若女将が迎えてくれ、個室に案内された。

「ご用意したお部屋は、こちらでございます」

通された部屋は窓から美しい中庭が見え、掛け軸と生け花で秋の雰囲気を出していて、うっとりするような和の空間だった。

お茶を飲みながら十分ほど待つと、やがて襖《ふすま》がスラリと開き、新堂が姿を現す。

「芹香、待たせてごめん」

「ううん、全然」

今日は和食を食べたいという彼の希望でこの店を訪れたが、料理が出てくる前にスーツ姿の若社長と和服を着た女将がわざわざ挨拶に来る。

新堂が「僕の妻です」と紹介し、芹香は緊張しながら自己紹介した。

「新堂芹香と申します」

「奥さま、本日はご来店ありがとうございます。苦手な食材などございましたら、遠慮なくおっしゃってください」

二人が部屋を出ていったあと、芹香は小声で新堂に問いかける。

「格式高い料亭って、お客さんのところにいちいち社長と女将が挨拶に来るの？」

「うちが祖父の代からのつきあいで、俺が予約のときに『妻同伴で行く』って伝えたからじゃないかな。たぶん全部の部屋には行ってない」

つまり新堂がお得意さまのため、二人揃って挨拶に来てくれたということらしい。

やがて和服姿の仲居が、料理を運んできた。先付けや盛りつけが美しい八寸などを味わったあと、神戸《こうべ》牛《ぎゅう》と松茸のすき焼きや淡路《あわじ》産のキスの天ぷらなど秋らしい料理に舌鼓を打つ。

　個室のために周囲の目を気にせず料理を愉しむことができて、芹香は大満足だった。以前はこうした本格的な和食を食べる機会はなかったが、味と盛りつけにこだわった品々は数寄屋《すきや》造りの建物や個室のしつらえと見事に調和していて、上質なものに触れた充実感がある。

　やがて食事を終えて個室を出ようとした芹香だったが、ふいに新堂のスマートフォンが鳴り、ディスプレイを確認した彼がこちらに向かって言った。

「ごめん、クライアントから電話だ」

「出ていいよ。わたし、廊下でお庭を眺めてるから」

　新堂を部屋に残し、一人で廊下に出た芹香は、ライトアップされた美しい中庭を眺めた。そのとき廊下の角を曲がって現れた人物が「平木?」と呼びかけてきて、驚いて視線を向ける。

　するとそこに思わぬ人物がいるのに気づき、芹香は目を丸くしてつぶやいた。

「降谷《ふるや》さん?」

「やっぱり平木だ。こんなところで会うなんて、奇遇だな」

　彼――降谷秀臣《ひでおみ》は、芹香が以前働いていた佐渡谷エンジニアリングの営業社員だ。

年齢は三十一歳で、スーツが似合う爽やかな容姿をしており、プラントエンジニアリング事業部での成績がトップということもあって女子社員たちの憧れの的だった。芹香も降谷に好感を抱いていたものの、アプローチする機会もないまま退職し、今に至る。

彼がこちらに歩み寄り、同情の眼差しで言った。

「平木が退職した経緯を聞いたよ。新人社員二人は採用したばかりな上にコネ入社だから首を切れず、産休明けで戻ってくる鈴木さんを辞めさせるのはマタハラみたいで外聞が悪いから、消去法で平木になったんだって。管理事務の中では一番仕事ができる人間だったのに、会社もひどいことするよな」

「……もう済んだ話ですから」

「リストラが実施されてから社内は結構重苦しい雰囲気で、飲み会は一切なくなったよ。このまま業績が落ちていくことになれば、今回上手く会社に残れた連中も明日は我が身だもんな」

聞けば彼は取引先の接待のため、上長と共にこの料亭を訪れているのだという。たまたまトイレに行く途中で廊下に佇《たたず》む芹香の姿を見つけ、驚いて声をかけたらしい。

降谷がこちらを見下ろし、問いかけてきた。

「平木は今、何の仕事をしてるんだ？　この店はすごく高いし、一人で来たわけじゃないんだろ」

「資産管理会社の、社長秘書をしています。今日はその同行で」

さりげなく左手の薬指の指輪を隠しながら、芹香は気まずくそう説明する。

実はリストラ勧告を受ける直前にあった他部署交流の飲み会で、「この数年は彼氏がおらず、出会いもまったくない」と話したのを彼に聞かれていた。芹香が佐渡谷エンジニアリングを辞めてからまだ一ヵ月半しか経っておらず、もし交際期間もなく新堂と結婚したことを知れば降谷は驚き、軽蔑するに違いない。

そう考えた芹香は、咄嗟に独身を装うことを決める。

（別にいいよね。降谷さんとは、今後会う機会はないんだし）

そう考えたものの、降谷が興味津々の表情で言葉を続ける。

「資産管理会社って、富豪が税金対策のために設立する会社だっけ。仕事でこういう店に来るんだ」

「うちの会社は不動産投資をしているので、一流店を訪れるのも仕事の一環なんです。例えば目的の物件があったとして、その周辺に付加価値となるものがどれだけあるかを事前にリサーチしなければなりませんから、その勉強で」

するとと彼が目を輝かせ、問いかけてくる。

「それって都内の飲食店に詳しいってこと？　都内にできた新しい店とかに行ったりとか」

「はい」

「だったら俺に、いろいろ教えてくれないかな。実は接待で使う店の選定を部長に任されてるんだけど、いい店を全然知らなくて。取引先を連れていくから下手なところは選べないのに、自分で高級店をリサーチするのは資金的にも限界があるんだ」

　確かにそうだ。

　芹香も新堂と結婚するまで、一流店と呼ばれるところには一度も足を踏み入れたことがなかった。だがこの一ヵ月半で訪れた店に関しては自分なりにレポートをまとめていて、かなりの数になっている。そう考えた芹香は、降谷を見上げて答えた。

「わかりました。わたしが知っているお店でよろしければ、ご紹介します」

「ほんと？　助かるよ。じゃあ、連絡先を交換してもらっていいかな」

　スマートフォンを取り出し、トークアプリで繋がる。彼が笑顔で言った。

「ありがとう。折を見て連絡するから」

「はい」

「じゃあ、また」と言って去っていく降谷の後ろ姿を見送り、芹香は小さく息をつく。

かつて憧れていた彼と図らずも関わりを持つことになり、複雑な気持ちになっていた。だがメッセージで飲食店を紹介するのだから、今後直接会う機会はないはずだ。そんなふうに考えていると、背後から電話を終えた新堂がやって来て声をかけてくる。

「芹香、帰ろうか」

「あ、うん」

会計を済ませ、女将と若女将に見送られながら店を出る。

タクシーに乗り込んで自宅へと戻りながら、ふいに彼が口を開いた。

「あのさ、さっきの……」

芹香が「何？」と問い返すと新堂が言いよどみ、笑って言う。

「いや、何でもない。それより明日はハイブランドの店で開店一周年記念のレセプションパーティーがあるから、うんとドレスアップして」

「それ、わたしも一緒に行っていいの？」

「もちろん。芹香は俺の妻なんだから、当然だよ」

誰もが聞いたことのある一流ブランドのパーティーに招待されていると聞き、芹香は思わず及び腰になる。

だがそうした集まりにはかつて新堂にアプローチしていた女性たちも数多く来場するよ

うで、結婚したことをアピールする絶好の機会らしい。

「そっか。だったら〝妻〟として出席するけど、わたしを見る周りの目がものすごく厳しそうだね。『あの程度で結婚できたのか』とか思われそう」

「そうかな。芹香はきれいだから、納得してくれる人も多いと思うよ」

その日自宅に戻ると、早速降谷から「今日はありがとう」というメッセージがきていた。

当たり障りのない返事をしようとしていた芹香だったが、そのあとにきたメッセージを見て困惑する。

『今日の平木はドレスアップした恰好がきれいで、会社で見ていた姿とは違ってすごく新鮮だった』

『今度よかったら、お勧めの店に一緒に行ってくれるとうれしい』

（これってもしかして、アプローチされてる？　それともわたしが自意識過剰なのかな）

彼は柔和で人当たりがよく、誰にでも分け隔てなくフレンドリーな性格だ。

降谷と個人的にやり取りをしたのは今回が初めてだが、もしかするとこれが彼の通常運転なのかもしれない。そう思い直した芹香は、「機会があれば、ぜひ」と社交辞令で返し、息をついた。

そしてスマートフォンをカウンターに置くと、入浴するべくバスルームに向かって歩き出した。

＊　＊　＊

芹香がリビングを出ていき、やがて洗面所の引き戸が閉まる気配がする。

キッチンでミネラルウォーターを飲んでいた新堂は、飲みかけのボトルを置いてリビングのドアをじっと見つめた。

（やけに熱心にメッセージのやり取りをしてたけど、相手は一体誰なんだろう。……さっき店で話してた男かな）

高輪にある老舗料亭で夕食をとり、帰ろうとした矢先に仕事の電話が入った新堂は、そのまま部屋で通話していた。

話は五、六分で終わり、廊下で中庭を眺めているはずの芹香のところに向かったが、そのとき彼女は見知らぬ男性と一緒にいた。

年齢は、三十歳前後だろうか。均整の取れた体形の男性はスーツ姿で、爽やかな雰囲気の持ち主だった。二人は親しげに会話をしており、やがて双方がスマートフォンを取り出して連絡先を交換しているのが見えて、新堂は自分でも驚くほど動揺した。

（もしかして、ナンパか？　それとも元々の知り合いなのか）

知り合いだとすれば、今まで知らなかった連絡先をわざわざあの場で交換したことになる。

芹香は高校時代から社交的な性格だったため、友人知人が多くてもおかしくない。だが一応は人妻である現在、ああして男と連絡先を交換するのはどうなのか。そんなふうに考え、新堂は深く息を吐く。

（仕事で異性と連絡先を交換することは珍しくないし、彼女の行動にいちいち目くじらを立てるべきじゃない。だって俺たちは、そういう関係じゃないんだから）

恋愛から発展して結婚したわけではなく、双方のメリットを踏まえたビジネス婚だという事実を踏まえれば、新堂に彼女を束縛する権利はない。

だが楽しそうに会話している二人の姿が目に焼きつき、思い返すたびに冷静ではいられなかった。帰りのタクシーの中であの男性の素性を問いかけようとした新堂だったが、結局何も言えず、今に至る。

そのときカウンターに置かれた芹香のスマートフォンが電子音を立て、ディスプレイにメッセージのポップアップが表示される。

一瞬躊躇った新堂は、好奇心に抗えずそちらにチラリと視線を向けた。すると「うれしい」「また連絡する」という文面が見え、発信者の名前を確認する間もなく画面がふっと消える。

やはり彼女は、料亭で話していた男性と連絡を取り合っているのだろうか。「うれしい」という文言からは次に繋がる約束をしているのが窺え、新堂はじりじりとした思いを押し殺した。

（落ち着こう。今の状態で、芹香を問い詰めるわけにはいかない。だったらしばらく様子を見るしかないんだ）

芹香の動向をしばらく黙って見守り、もし二人きりで相手と会うようなそぶりがあれば、〝夫〟として注意する。

なぜなら彼女が不貞をしているという噂《うわさ》が立った場合、こちらの名誉に関わるからだ。最初に交わした契約書でも〝婚姻期間中は互いの名誉を毀損《きそん》しないよう、行動に責任を持つこと〟という項目があるため、それを盾に意見できる。

逆を返せばそれまで黙って見送るしかないということで、鬱々とした気持ちになった。

（まさか俺が、誰かにこんなにも執着するなんてな。……あの一件があって以来、もう二度とないと思ってたのに）

数年前の出来事を思い出した新堂は、苦い気持ちになる。

自分にそんな気持ちを味わわせた相手に関しては、今はまったく未練はない。だが「二度とあんな思いをしたくない」というトラウマがあり、重苦しいものが心を満たした。

ペットボトルの飲みかけの水をシンクに流した新堂は、自身のスマートフォンを操作し、芹香に「ちょっと飲みに行ってくる」とメッセージを送る。そしてそのまま、自宅を出た。

(もし今のメンタルで彼女に触れたら、気持ちを抑えられないかもしれない。だったら酒を飲んで紛らわせたほうがましだ)

結局その日の夜は行きつけのバーで深酒をし、帰宅したのは深夜の一時だった。

翌日は朝から仕事部屋で作業をして、リモートで打ち合わせをしたり、海外にある物件管理会社とやり取りをして過ごす。リビングに入るときは芹香がいないときを見計らい、なるべく顔を合わせないようにした。

そして夕方になり、クローゼットにたくさん吊るされた衣服を前に、何を着ていこうか考える。

(ハイブランドのパーティーだからな。華やかさがないと駄目か)

レセプションパーティーにおける服装は、インフォーマルからオフィスカジュアルまでだいぶ幅があるが、パーティーの主旨に合わせてドレスアップの匙《さじ》加減を決めなくてはならない。

考えた末、新堂はチャコールグレーの三つ揃いのスーツをチョイスする。シャツは青にし、ネクタイとチーフは光沢のあるものを選んで華やかさを添えた。

髪をセットするべく自室を出て洗面所に向かうと、そこには鏡に向かってピアスを着けている芹香がいる。

「あっ、ごめん。すぐにどけるね」

「いや」

彼女は黒のジュートリネンのV字の襟ぐりに、きらめくビジューを散りばめたロングのワンピース姿で、耳元の大ぶりなピアスと手首にあしらったテニスブレスレットがエレガントな印象だった。

背面がV字に大胆にカットされていて、後ろから見るとドキッとする色気がある。

「……きれいだな」

思わずそうつぶやくと、芹香が恥ずかしそうに言った。

「そうかな。ちょっと大胆すぎるかなと思ったんだけど、せっかく千秋くんが『パーティーのときに着ればいいよ』って言って買ってくれたものだし。ハイブランドの催しだから華やかなほうがいいかと考えて、思いきって着てみたの」

「うん。よく似合ってる」

自分で車を運転し、原宿《はらじゅく》にあるパーティー会場に移動する。

黒を基調とした高級感のある店内では、会場の中央に華道の眞敷《ましき》流の家元が生けたという巨大な紅葉《もみじ》があり、赤や黄色、緑の色彩が美しく、それを取り囲むように色とりどりのフードが整然と並べられていた。

既にたくさんのゲストが来場しており、誰もが酒のグラスを手に笑いさざめいている。シャンデリアに照らされる店内を見つめ、芹香が息をのんでつぶやいた。

「すごいね。富裕層の人だけじゃなく、モデルとか芸能人とかも呼ばれてるんだ」

「ブランドがああいう人たちを招待する目的は、宣伝のためだよ。マスコミやSNSに取り上げてもらうことで、話題性を高めてる。一回の買い物で数百万から一千万円使ってくれるような本命の顧客に対しては、受注会を兼ねた非公開のイベントを先行開催してたりするんだけど、今回はそうじゃないみたいだ」

「そうなんだ」

会場を歩いていると、新堂は顔見知りに次々声をかけられる。そのたびに足を止めて話をしていたが、二十代半ばの女性二人組がそこに割り込んできた。

「新堂さん、お久しぶりですー」

「最近パーティーではなかなか会えなくて、寂しかったんですよぉ」

彼女たちはいわゆるインフルエンサーと呼ばれる者で、SNSで美容やブランドものの新商品の情報発信をしており、こうしたレセプションパーティーには必ず出席している。

二人は新堂が大企業の御曹司で、父親が亡くなったあとに莫大な遺産を相続したことを風の便りで知っているらしく、会うたびに熱烈なアプローチをしてきていた。一人がチラリと芹香に視線を向けつつ、間延びした口調で問いかけてくる。

「私たち、新堂さんが結婚したっていう話を耳に挟んだんですけどー」

「もしかして隣にいるのが奥さまですか？」

彼女たちの値踏みする眼差しはあからさまで、その目には明確な敵意がにじんでいる。それを受け、わずかにたじろいだ様子の芹香をさりげなく後ろに庇《かば》った新堂は、ニッコリ笑って答えた。

「そうなんだ。元々知り合いで、再会してからあっという間に入籍した」

「えー、それって危険じゃないです？」

「そうですよー、新堂さんの財産目当てなのが丸わかりっていうか」

揶揄《やゆ》する口調でそう言った彼女たちは、嘲る視線をチラリと芹香に向ける。

それを見た新堂は、ひどく不快になった。二人は女の嫌な部分を煮詰めたような態度で、それを表に出す醜さをまったく自覚していない。自分たちの容姿に絶対的な価値があると確信しており、他者をこき下ろすことで優位に立とうとしている。

（……だから嫌なんだ。こんな態度を見せられて、俺が自分たちのほうを選ぶとでも思ってるのか）

そう考えながら、新堂は口を開きかける。しかしそれより早く、芹香が一歩前に出て二人ににこやかに挨拶した。

「初めまして、新堂芹香と申します。名刺はこちらです」

彼女が差し出した名刺には、〝新堂アセットマネジメント株式会社　取締役　エグゼクティブアシスタント　新堂芹香〟と書かれている。

一般的な秘書は〝セクレタリー〟と表記され、電話の応対や役職者のスケジュール管理、資料作成や出張の手配などを担当する職種のことをいうが、エグゼクティブアシスタントは経営者のビジネスパートナーとして経営判断に必要な情報を収集し、助言する人物を指す。

つまり経営者に強い影響力を持つ上級職のことで、〝取締役〟という役職と併せて文字にするとインパクトが大きい。芹香が堂々とした態度で言った。

「いつも新堂がお世話になっております。彼とは以前からの知り合いで、結婚した現在はパートナーとして公私共に補佐しております」

するとライバル意識を刺激されたのか、彼女たちは顔を見合わせて笑う。

「〝公私共に〟だって。マジ受ける」

「マウント？　感じ悪ーい」

二人の小馬鹿にした態度にカチンときた新堂は、抗議をするべく口を開きかけた。しかしスーツの袖をそっと引いてそれを押し留めた芹香が、にこやかな表情で告げる。

「今日は有名ブランドのレセプションパーティーで、招かれているのも上流階級を中心とした方々です。こうした席で初対面の相手に対して礼を失した発言をするのは、ご自身の品格を貶《おとし》めることになるのでは？」

「……っ」

「お二人は、まずはマナーから学ばれたほうがよさそうですね」

穏やかに、だがぴしゃりと反論された二人は、咄嗟に言い返すことができず言葉に詰まった。そんな彼女たちをよそに、芹香がこちらを見て微笑んで言う。

「行きましょうか、千秋さん」

「うん」

再び人混みを縫って歩き出しながら、新堂は彼女に向かって告げる。

「芹香があんなふうに言い返すとは思わなかった。二人とも君に反論されると思ってなかったのか、目を白黒させてたな」

「前に千秋くんが『うんざりしてる』って言ってたのは、ああいう人たちのことなんだって思って。あからさまにわたしに敵意を向けてきたから、やりすぎない程度に言い返したんだけど、まずかったかな」

「いや。いい対応だったと思うよ」

常日頃から自らを〝庶民〟だと称し、上流階級のライフスタイルにどこか及び腰だった芹香だが、ああして毅然《きぜん》と振る舞う様子を見た新堂は改めて「好きだな」と考える。

（思えば芹香は、昔からそうだった。聞き流せないことに対してははっきり意思表示して、それでいて過剰に波風を立てない上手い言い回しをする）

そんな彼女だから、新堂は好きになった。だが今は昨日の男性のことが頭に引っかかっており、依然として落ち着かない気持ちでいる。

その後もさまざまな知り合いに声をかけられた新堂は、にこやかに対応しつつ芹香を妻として紹介した。やがて背後から「新堂」と呼ばれ、振り返るとそこには見知った人物がいる。

「芳沢《よしざわ》」

「久しぶりだな」

大学時代の友人である芳沢渉《わたる》は、新堂の九年来の親友だ。

いわゆる〝陰キャ〟だった新堂にイメチェンを指南し、見事に生まれ変わらせた彼は、現在大手スタイリスト事務所に所属して活動している。今日は上司の供でパーティーに参加したのだと説明し、言葉を続けた。

「お前が結婚したって聞いて、心底驚いたよ。もしかしてそちらが奥さんか？」

「ああ。芹香っていうんだ」

するると芹香が、芳沢に向かって挨拶する。

「新堂芹香です。初めまして」

「芳沢です、ファッションスタイリストをしています。今日お召しになっているドレスとジュエリー、とても素敵ですね」

名刺を交換したあと、彼が笑って言った。

「芹香さんにお会いできて、うれしいです。何しろ新堂は大学時代にせっかく垢抜けたのに、女性に対しては淡々とした対応で、結婚願望がまるでない奴《やつ》だったんですよ。でもこうして芹香さんと電撃結婚したんですから、よほど運命的なものを感じたんでしょうね」

「そんな」

芳沢は快活で、如才なく話題を振ってくれ、三人での会話が弾む。

やがて会話が一段落したところで、芹香が新堂に向かってひそめた声で言った。

「ちょっとお化粧室に行ってくるね」

「うん」

彼女が化粧室に向かい、そのタイミングで知人に声をかけられた新堂は、しばし話をする。その人物が去っていったあと、芳沢が口を開いた。

「芹香さん、潑剌《はつらつ》としてきれいな人だな。受け答えからすると頭がよさそうだし、仕事も一生懸命やってくれるなら、パートナーとして申し分ないんじゃないか？　よかったな、再会できて」

「ああ」

「俺はさあ、心配してたんだ。お前、例の彼女と別れたあとに精神的にかなり落ち込んでただろ。あれから全然女を寄せつけなくなって、どんな美女に迫られても塩対応だったから、こいつ一生一人でいるつもりなのかな、それってすごく虚しくないかなって感じてたんだ」

「……えみりに関しては、もういいよ。別に引きずってるわけじゃないし」

虚勢ではなく、本当にそう思いながら新堂が反論すると、彼が胡乱《うろん》な表情になる。

「そうか？　吹っきれてなかったからこそ、お前は何年もずっと頑なに一人でいたんだろ。それだけの顔と家柄を持ってるのに、誰に言い寄られても靡《なび》こうとしないで」

そのとき彼が新堂の背後を見つめ、「あ」という顔をして言葉を途切れさせる。

そこには化粧室から戻ってきたばかりの芹香がいて、目を丸くしてこちらを見つめていた。まずいことを聞かれたと思ったのか、芳沢が咄嗟に表情を取り繕い、そそくさと告げる。

「ごめん、俺、そろそろ上司のところに戻らないと。また連絡する」

「うん」

店内は来たときよりも格段に人が増え、盛況だった。

招待客たちは飲み物やフードが載った皿を手に会話に花を咲かせ、会場の一角の商談スペースでは店のスタッフがドレスのサンプルを持ってきて女性の身体に当てていたり、売上伝票にサインをもらっていたりとにぎわっている。

そんな中、新堂は「まずい話を聞かれたな」と考えていた。確かに芳沢の言うとおり、新堂は過去の恋愛が原因で意図して女性を遠ざけるようになっていた。しかし現在も引きずっているということはなく、むしろ芹香以外の女性にはまったく興味がないが、自分からその話をするのも気が引ける。

そうするうち、この店の店長に挨拶をされて、しばし話し込んだ。「奥さまにお似合いになる新作アイテムがあるんですよ」とにこやかに勧められ、何着か試着した芹香は値段に戸惑っていたものの、新堂は購入する旨を伝えた。

「千秋くん、わたし、服はもうたくさん持ってるから――」

「何枚あってもいいよ。それにこれは、君によく似合ってるし」

フレアシルエットの白いノースリーブトップスとロングスカートのセットアップの他、ゴールドと黒のひし形を組み合わせたバイカラーのバングル、ネイビーのトランク型バッグなどを購入すると、総額で一四〇万円ほどになる。

後日自宅に届けてもらえるように手配し、店長とスタッフから笑顔で送り出された新堂は、芹香と連れ立って会場を後にした。駐車場まで歩く途中、彼女が恐縮した様子で言う。

「千秋くん、またお金を使わせてしまってごめんね。あんなにたくさん買ってくれなくてもよかったのに」

「あの程度なら、全然安いものだよ。近々ハイジュエリーブランドのパーティーがあるはずだから、そのときアクセサリーを見ようか」

「も、もう充分だから」

パーキングに停めていた車に乗り込み、自宅まで二十分弱の距離のあいだ、芹香は車内で無言だった。思い当たることといえば先ほどの芳沢との会話で、新堂は彼女の態度をどう捉えるべきか悩む。

(もし俺の過去の恋愛話を聞いて引っかかっているなら、芹香は多少なりとも好意を抱いてくれてるってことかな。でも、だったら昨日の男は……)

笑顔で親密そうに会話をし、トークアプリで「うれしい」「また連絡する」というメッセージがくるのだから、今後も繋がりを持つ前提ということだ。

〝夫〟がありながら他の男性と会うのは不謹慎だが、友人関係や仕事の相手が異性ということは日常生活でざらにあり、一概に関わりを禁じるのはあまりに了見が狭い。だったら芹香自身に事情を問い質《ただ》せばいいと思うが、あくまでもビジネス婚という関係であるため、そこまで強い態度に出られなかった。

結局無言のまま自宅に戻り、彼女がすぐにバスルームに行ってお湯を溜め始める。そしてリビングに戻ってくると、新堂に向かって告げた。

「今日は千秋くんが先にお風呂に入っていいよ。わたしはこれから今日のレポートを書くから」

「うん」

言われるがままに先に入浴した新堂が、濡れ髪を拭きながらリビングに戻ると、芹香の姿はそこにはなかった。

だが二階に上がると彼女の私室のドアの隙間から光が漏れており、ドアをノックして呼びかける。

「芹香、風呂空いたよ」

「ありがとう。今入るから」

室内からそう返事が聞こえてきたものの、芹香はなかなか出てこない。

その様子を目の当たりにした新堂は、ふと彼女が自分と顔を合わせたくないと考えているのに気づいた。おそらく芹香の中には何らかのわだかまりがあり、新堂と直接会話をしたり抱き合ったりという事態を回避したいと考えているに違いない。

「――……」

きちんと籍を入れ、公には〝夫婦〟という関係の自分たちだが、実際はあまりにもかけ離れている。

新堂の中には彼女への明確な好意があるものの、芹香のほうはどうかわからない。もしこれが恋愛から発展した夫婦ならば、正面から話し合いを持ちかけることができるだろう。

しかしビジネス婚である以上、下手にぶつかると今の関係が破綻《はたん》しかねない。そう思い、新堂はもう一度ノックしかけた手を力なく下ろす。そしてしばらく無音のドアを見つめ、踵を返して自室へと向かった。

（やっぱり、最初から間違ってたんだろうか。……〝ビジネス婚〟なんて）

高校時代に恋心を抱いていた芹香が困っていると聞き、力になりたいと思った。

そこで結婚することを持ちかけたのは、こちら側のメリットがあるのはもちろんだが、やはり彼女への好意がベースにあったからだ。一緒に暮らすうちにかつての想いが再燃し、何とか身体の関係に持ち込むことができたものの、芹香が義務感で応じている可能性は否めない。

（話し合うのを躊躇うなんて、正常な夫婦関係とはいえないよな。もう少し時間が必要なのかもしれない。芹香も……俺も）

自室のドアを開けて中に入ると、ロールスクリーンを閉めていない窓からぼんやりと月の光が差し込んでいた。

やるせない思いを噛みしめながら、新堂はしばらくそのままドアを背に立ち尽くしていた。

第六章

朝起きたときに曇り空だった外は、昼近くになるとポツポツと雨が降り始めた。

慌ててビルの一階にあるチェーン店のカフェに入った芹香は、服に付着した水滴をハンカチで押さえる。そしてコーヒーをオーダーし、窓辺の席に座って息をついた。

(やっぱり傘を持ってくればよかった。せっかく銀座《ぎんざ》辺りをブラブラしようと思ってたのに、もう帰るべきかな)

雨はみるみる強くなり、窓ガラスに無数の水滴がついている。

今日の芹香は、有楽町《ゆうらくちょう》にいた。来月の海外出張に向けてパスポートに記載された苗字を変更するのが目的で、オンライン申請の対象外のためにわざわざ出てきている。窓口はだいぶ混み合っていたものの何とか手続きを終え、「せっかく出てきたのだから」と銀座で買い物をしようと考えていたが、この雨では無理そうだ。

ぼんやりと外を眺め、芹香は昨日の出来事を思い出していた。原宿で開催されたハイブランドのレセプションパーティーの席で、芹香は新堂の大学時代のときからの親友である芳沢に会った。

彼は快活な性格で、終始和やかに会話できたが、一度化粧室に行って戻ってきたとき、二人が話している内容を小耳に挟んでしまった。

（芳沢さん、千秋くんに「例の彼女と別れたあと、精神的にかなり落ち込んでただろ」って言ってた。それに「あれから全然女を寄せつけなくなった」って……。千秋くん、彼女いたんだ）

高校時代はもっさりとした陰キャで、特定の友人としか一緒にいなかったという印象が強いが、新堂は大学でイメチェンして以来女性にもてるようになったらしい。

彼は自分の容姿や財力に寄ってくる女性を嫌悪しており、そういう人間を遠ざけるべく芹香にビジネス婚を持ちかけてきたものの、ベッドでの巧みさからして過去に女性経験があるのは明白だ。

問題は、新堂がそのうちの一人を引きずっている様子であることだった。彼はそれを否定していたが、芳沢は「吹っきれていなかったからこそ、お前は何年もずっと頑なに一人でいたんだろう」と発言していて、ひどく意味深だ。しかも彼は芹香がその話を聞いているのに気づいたときにばつが悪そうな顔をし、そそくさと立ち去ってしまった。

つまり新堂が現在進行形で元彼女を想い続けている可能性があり、芹香は悶々《もんもん》とする。

（千秋くんほどハイスペックな人と別れるなんて、相手の女性はどんな人なんだろ。もちろん恋愛だから、別れに至る理由がいろいろあったんだろうけど）

彼が過去の恋愛を消化できていないなら、芹香に〝ビジネス婚〟を持ちかけた理由も何となく理解できる。

とどのつまり、現在の新堂には恋愛するつもりがないのだろう。かつて交際した女性のことを忘れていないのなら、芹香に身体の関係を持ちかけたのはただの性欲の解消のために違いない。

（わたし、最初は「この関係はビジネスなんだ」とか、「いつか別れるんだから、この生活に慣れちゃいけない」とか考えていたのに、いつのまにか勘違いしてた。新堂くんがわたしに恋愛感情を持っていないのは最初からわかってたはずなのに、彼がすごく優しくしてくれるから、まるで普通につきあってるみたいに錯覚してた）

初めて抱き合って以降、新堂の態度は甘さを増し、何気ないスキンシップや高価なプレゼントをしてくるようになって、まるで恋人同士のような空気に戸惑いつつもうれしかった。

だが彼の心の中には、過去の交際相手がいまだ深く根づいたままなのだ。おそらく他の女性とは本気で恋愛するつもりがなく、だからこそ一般的ではない形の結婚を選んだのだろう。

そう思うと自分でも驚くほどショックを受けて、昨夜は新堂の顔をまともに見ることができなかった。パーティーを開催した店で商品を購入してもらったことについては礼を述べたものの、その後は忙しいふりをして自室に閉じこもり、彼と抱き合うのを避けた。

(今日は朝から家を出てきてほとんど会話してないけど、いつまでもこんな態度を取るわけにはいかないよね。そもそもわたしは千秋くんの秘書なんだから、仕事を投げ出すのは無責任だし)

今日は自宅を出る前に、新堂の仕事部屋の前で「パスポートの書き換えに行ってくる」「ついでにちょっと買い物してくるから」とドア越しに告げると、彼は「わかった」と応えていた。

新堂との結婚生活は自分にとって〝仕事〟であり、契約書も交わしているのだから、投げ出すわけにはいかない。だったらビジネスに徹し、彼への恋心を封印するべきだ。

(そうだよ、初心に戻るだけ。千秋くんがわたしにお金を使ってくれるのは、〝妻〟を連れて歩くのに恥ずかしくないようにしたいから。優しいのは彼の性格で、それ以上の意味なんてないんだもの)

契約上の妻にすぎない芹香には、新堂が誰を想っていようと意見する権利はない。そうやって分を弁《わきま》えるしかないのだと結論づけ、小さく息をついた。

外は雨足が強くなり、傘を持っていない人が頭部を庇いつつ足早に歩いていたり、ビルの下で雨宿りしているのが見える。新堂と出掛けるときはタクシーに乗ることが多い芹香だが、一人なら公共交通機関を使うのがほとんどだ。このカフェから駅までは数分歩かなければならず、「雨が弱まるまで、もう少しだけ」と考えてしばらく店内で過ごす。

自宅に戻ったのは、午後二時頃だった。レジデンスの自動ドアをくぐってエントランスに入ろうとしたところ、すぐ後ろから女性がやって来る。芹香は一歩下がり、彼女にオートロックの操作を譲った。

「お先にどうぞ」

すると彼女が「すみません」と頭を下げ、パネルを操作する。

女性が押したのが自宅の番号だと気づいた芹香は、ふと目を瞠った。そして彼女が通話ボタンを押す直前に「あの」と声をかける。

「失礼ですが、新堂に何かご用ですか？　わたしは彼の妻です」

「……あなたが？」

女性が振り向き、こちらに向き直る。

彼女の顔を正面から見つめることになった芹香は、目を瞠った。

（わ、すごくきれいな人。まるでお人形みたい）

年齢は、二十代前半か半ばくらいだろうか。

背中の中ほどまでの長さの髪はミルクティーのように柔らかい色で緩やかに波打ち、ほっそりした小柄な体形を引き立てている。睫毛の長い大きな目が印象的で、透けるように白い肌や赤い唇が人形めいた雰囲気を醸し出していた。

その造作は驚くほど整っており、フェミニンで高級感のある服装も相まって、道を歩けば誰もが振り返るであろうほどの美人だ。思わず見惚《みと》れてしまう芹香に対し、女性はしばし沈黙したあとに微笑んで言う。

「そう、あなたが奥さまなんですね。私、小田嶋《おだじま》と申しますが、千秋はご在宅でしょうか」

「はい。いると思います」

「よかった。では、おうちまでご一緒させていただいても構いませんか？」

千秋――と下の名前を呼び捨てにされ、芹香は戸惑いをおぼえる。

こちらが妻だとわかった上でわざわざ彼を呼び捨てにする意図は、一体何だろう。しかし小田嶋と名乗った彼女は落ち着き払っていて、挑発的な様子は微塵も感じられない。

新堂と小田嶋の関係が気になったものの、芹香はカードキーでオートロックを解除し、「どうぞ」と彼女を促した。そしてコンシェルジュが「おかえりなさいませ」と頭を下げる中、美術館のような雰囲気のエントランスロビーを通り、自宅に向かう。

玄関の鍵を開けて来客用のスリッパを出し、彼女に中に上がるように勧めたところ、小田嶋が微笑んで応えた。

「お邪魔いたします」

この時間帯なら新堂は仕事部屋にいるかもしれないが、まずは彼女をリビングに通すのが先だ。

そう考えた芹香は、長い廊下を通ってリビングのドアを開ける。するとコーナーソファでノートパソコンを開いている新堂がいて、「おかえり」と言って顔を上げたものの、芹香の背後にいる人物を見て目を瞠った。

「えみり、どうして……」

「久しぶり、千秋」

彼の表情がこわばっていて、それを見た芹香は慌てて説明する。

「あの、わたしが帰ってきたときに、たまたまオートロックを押そうとしていたこちらの方がいて。千秋さんが在宅かどうかを聞いてきたから、一緒に来ていただいたの」

「――……」

新堂の表情は小田嶋を歓迎している様子はなく、むしろ警戒感をあらわにしていて、芹香は内心「もしかして、まずかったのかな」と考えた。

（一度千秋くんに、家に上げていいかどうかを聞くべきだったのかもしれない。でもこの人が「千秋」なんて呼び捨てにしてるから、てっきり親しいのかとばかり……）

そのとき芹香は、先ほど彼がつぶやいた〝えみり〟という名前に聞き覚えがあるのに気づく。

一体どこで聞いた名前だろうと思考を巡らせ、それが昨夜のレセプションパーティーであることを思い出した。

（そうだ。芳沢さんが千秋くんの過去の交際相手について話してて、彼は「えみりに関しては、もういいよ」って言ってた。つまりこの人は、千秋くんの元カノ……？）

愕然《がくぜん》として振り向くと、彼女――小田嶋えみりが芹香を見つめて説明した。

「わたしと千秋は、従兄妹《いとこ》なんです。今日は久しぶりに彼の顔が見たくてお邪魔しました」

「従兄妹？　でも……」

昨日の芳沢との話では、〝えみり〟は新堂の元交際相手ではなかったか。

そんな疑問符が頭の中に浮かび、立ち尽くす芹香に向かって、新堂が遮るように言う。

「――芹香、帰ってきたところで悪いけど、ちょっと外で時間を潰してきてもらえるかな」

「えっ」

まさか「外に出てろ」と言われるとは思わず、芹香は唖然として彼を見つめる。そしてしどろもどろに言った。

「あの、でも……お茶を出さないと」

「いいから」

断固とした口調で告げられ、それ以上何も言えなくなった芹香は「……わかった」とつぶやくと、小田嶋に「失礼します」と頭を下げてリビングを出る。

玄関で再び靴を履きつつ、ひどく惨めな気持ちになった。自分は新堂の〝妻〟であるはずなのに、彼と小田嶋がどういう関係なのか、彼女が何をしに自宅まで来たのか一切説明がないまま、邪魔者のように外に出されている。

（でも……）

それでも、新堂を問い質すことができない。

なぜなら自分は彼の仮初めの妻であり、嫉妬する権利を有していないからだ。

「……っ」

ぎゅっと唇を引き結んでリビングのほうを見やったものの、家が広すぎて二人の会話は何も聞こえない。

嫉妬とも敗北感ともいえない気持ちが胸に渦巻き、平静ではいられなかった。踵を返した芹香は玄関のドアに手を掛け、無言で自宅を後にした。

＊　＊　＊

広い自宅の中、玄関のほうでドアが閉まる音がかすかに聞こえる。

新堂はリビングの入り口に佇む小田嶋えみりを、険しい表情で見つめていた。しかしそんな視線に気づかないそぶりで、彼女がチラリと戸口を見やって言う。

「よかったの？　奥さまに『外に出てろ』なんて言って。彼女、まるで私たちに追い出されたみたいで気分を悪くしたんじゃない？」

「――何をしに来たんだ。ここの住所を、一体誰から聞いた」

低い声での問いかけに、えみりが困ったような顔をして答える。

「怖い顔しないで。数年ぶりに会ったのに、喧嘩腰《けんか》なんてひどい」

「過去のことを思えば、俺たちは心穏やかに話せる間柄じゃないだろ」

「あら、そんなことないわ。だって私たちは、血の繋がった従兄妹でしょう？　それに恋人同士でもあったんだから」

彼女の発言は、真実だ。

二歳年下のえみりは新堂の父方の叔父の娘で、幼少期から特別親しいわけではなかったものの、大学時代にイメチェンした新堂の噂をどこからか聞きつけてすぐに猛烈なアプローチをしてきた。

道を歩けばモデル事務所に頻繁にスカウトされるえみりは、誰もが認める可憐《かれん》な美貌の持ち主だ。恋愛経験がなかった新堂は勢いに圧《お》されて交際をスタートさせ、甘え上手で可愛らしい彼女を徐々に好きになっていった。

交際中はさまざまなものをねだられたが、当時から株で資産運用をしていた新堂は経済的余裕があり、えみりが欲しがるものは大抵買い与えた。だが彼女にとって、大会社のCEOを父に持ちながら会社経営に興味がなく、駆け出しのシステムエンジニアにすぎない新堂は物足りなかったらしい。

何度も「伯父《おじ》さまの会社を継げばいいのに」「千秋ならできるよ」と勧めてきても頷かずにいたところ、ある日彼女からの連絡がぱったりと途絶えた。心配した新堂がえみりの実家に連絡を取ったところ、叔母から聞かされたのは思いもよらないことだった。

『実はえみりは、ベンチャーキャピタルを経営する小田嶋さんとの結婚が決まったの。だから千秋さん、あの子のことはもう諦めてもらえるかしら』

叔母の言葉は新堂にとって、青天の霹靂《へきれき》だった。

要するにえみりは二股をかけており、新堂を切り捨てて会社経営者との結婚を選んだということらしい。その後どうにか連絡がついて顔を合わせた彼女は、説明を求める新堂に対してあっさり告げた。

『千秋との将来をよく考えたんだけど、やっぱり従兄妹同士で結婚するのってどうかと思うのよね。それにあなた、お父さまの会社を継ぐ気はないんでしょう？　だったら私、より将来性のある人と結婚したいわ。それで小田嶋さんのほうを選んだの』

『結婚を決めるってことは、その人と昨日今日知り合ったわけじゃないんだろ。一体いつからつきあってたんだ』

新堂の問いかけに、えみりは小首を傾《かし》げ、「二年弱くらいかな」と答えた。

つまり自分と交際していた期間と丸被りで、あまりのことに新堂は絶句した。他の男と同時進行されていたことに微塵も気づかず、ねだられるがままに何でも買ってやっていた自分が、ひどく滑稽《こっけい》だ。

そんなふうに考える新堂を見つめ、彼女は笑顔で言った。

『でも千秋だって、私とつきあえてうれしかったでしょ？　だからこの二年は、お互いにとって無駄じゃなかったたってことよね』

その後えみりは小田嶋と盛大な結婚式を挙げ、信じられないことに親族として新堂に招待状を送ってきたものの、当然ながら出席しなかった。

あれから五年、パーティーで遠巻きに姿を見かけたり、親族の集まりでニアミスすることはあったが、新堂は徹底して彼女を避けた。えみりもそれを察していたのか、彼女のほうから話しかけてくることはなかったが、こうしてアポなしで自宅を訪れてきたのは一体どういうことなのだろう。

そう警戒を強める新堂に対し、えみりが説明する。

「ここの住所は、御殿山《ごてんやま》の茗子《めいこ》おばさまに聞いたの。『結婚した千秋に、お祝いを渡しに行きたい』って言ったら、すぐに教えてくれたわ」

それを聞いた新堂は、内心「勝手なことを」と考え、苦々しい気持ちを押し殺す。

御殿山に住む親戚の女性は年配で、おそらく自分とえみりがつきあっていた過去を知らず、聞かれるがままにあっさり住所を教えてしまったのだろう。えみりが言葉を続けた。

「千秋が結婚したっていう噂を耳にしたとき、私すごくびっくりしたの。だってあなたには何年も浮いた話がなくて、そういうことに興味がないと思ってたから。でもさっきの奥さま、きれいな人ね。私とはタイプが違って、コンサバ系っていうか」

「――一体何の用事で来たのか、説明してくれ。もし結婚の祝いだっていうのなら、気を使ってくれなくて結構だ。君から受け取る理由がないから」

するとえみりが傷ついたような表情をし、ポツリと言った。

「そうよね。私、千秋にひどいことをした。小田嶋と同時進行でつきあって、挙げ句に一方的に別れを告げるなんて……。千秋が私にそういう態度を取るのも当然だと思う。本当にごめんなさい」

「…………」

「言い訳になるけど、あの頃の私は若くて思慮が足りなかったの。周りがちやほやしてくれるのに慣れていて、自分の行動が誰かを傷つけるかもしれないってことが、ちゃんと想像できていなかった」

ノートパソコンに向かい合っていた新堂は、ため息をついて画面を閉じる。

そして立ち上がり、戸口に立ち尽くしたままの彼女を見つめて告げた。

「謝って気が済んだなら、もう帰ってくれるかな。妻に話を聞かれたくなくて外に出したけど、きっと事情がわからなくて混乱してるだろうし、迎えに行きたいから」

新堂はえみりに歩み寄り、彼女の肘をつかんでリビングから連れ出そうとする。

すると彼女がそれを振り払い、逆にこちらの二の腕にしがみついて言った。

「待って。千秋に話を聞いてほしいの。——小田嶋のことで」

「…………」

「彼と結婚して五年になるけど、最初の頃は何の問題もなかった。十歳年上の彼は頼りがいがあるように感じたし、生活に不満もなくて幸せだった」

えみりが「でも」と言葉を続け、潤んだ瞳で新堂を見上げる。

「この一年ほど、あの人はモラハラがひどくなって私を罵倒《ばとう》してくるようになったの。私に向かって『金食い虫だ』とか『少しは家のことをしろよ』とか怒鳴って、生活費を少なくしてきて……。このあいだは突き飛ばされて、腕に痣《あざ》ができたのよ。見て、これ」

そう言って彼女が服の袖をまくり上げると、腕に打ち身でできたらしい赤い痣がある。

新堂は眉をひそめて問いかけた。

「……それは、君の夫が？」

「そうよ。結婚する前から不遜で自信家な部分を感じていたけど、経営者だしある程度はそういうところが必要だと思ってた。でも、今は違うわ。彼はモラハラとＤＶをする男で、そんな人と結婚したのは間違ってた」

声を震わせ、涙をポロリと零すえみりは、普通の男なら「守ってやりたい」と思うだろうほどに可憐で痛々しい。しかし新堂は、冷静な口調で言った。

「それを俺に相談するのは、間違ってるんじゃないかな。俺と小田嶋さんを秤《はかり》にかけて、彼のほうが将来性があるからという理由で選んだのは他ならぬ君自身だろ。今さら『あのときの選択は間違ってた』なんて言われても、俺にはどうしようもできない」

どうしようもできないというより、〝助ける気がない〟というほうが正しい。

恋人だったえみりから手酷《てひど》い裏切りを受けたとき、新堂は深く傷ついた。初めての交際相手である彼女を自分なりに大切にしていたのに、さんざん金づるとして利用された挙げ句、無慈悲に切り捨てられたことはダメージが大きかった。

あれから新堂は女性不信となり、自分に近づいてくる異性に対して下心があるとしか感じなくなった。事実、彼女たちはこちらの容姿と家柄、財力しか見ておらず、媚びた視線や薄っぺらい会話にうんざりした。

芳沢は新堂が何年も一人でいるのはえみりと別れたせいだと考えていたようだが、それはある意味当たっている。だが一点だけ明確に違うのは、今の新堂には彼女に対する未練が一切ないというところだ。

にべもない新堂の態度に、彼女が改めてこちらの服の袖をつかんで言った。

「小田嶋と生活するうち、千秋がどれだけ私を大切にしてくれていたかがわかったの。それなのに急に結婚したって話を人伝《ひとづて》に聞いて、居ても立ってもいられなくて会いに来たのよ」

「会いに来て、一体どうするつもりだったんだ？　俺はえみりにされたことを忘れてないし、今は別の女性と結婚してる。まさか彼女を捨てて自分を選んでくれるとでも思ったのか？」

図星だったのか、えみりが何ともいえない表情になって押し黙る。

新堂は内心呆《あき》れつつ彼女の手をやんわりと解き、淡々とした口調で告げた。

「俺にできるアドバイスといえば、弁護士に相談しろということだけだ。モラハラやＤＶをされている証拠を集め、少しでも有利に離婚できるように立ち回るしかないんじゃないかな」

たとえ夫から自由に使える金を制限されているとしても、目の前のえみりが着ている服はハイブランドで充分金がかかっており、生活に困っている様子は見受けられない。

そもそも彼女の父親は新堂グループの関連会社の社長を務めており、裕福だ。いざとなれば実家を頼ることもできるはずで、まったく逃げ場がないわけではないと思う。

そんなふうに結論づけた新堂は、「芹香に連絡を取らなくては」と考えた。何の事情も説明できないまま彼女を外に出してしまったが、きっと芹香はどういうことかわからず困惑しているに違いない。

とりあえず今どこにいるかを確認し、迎えに行こう——そう考え、新堂がスマートフォンを取るべくテーブルに歩み寄ろうとすると、えみりが感情的な口調で言い募る。

「どうしてそんなに冷たいの。確かに私は過去にひどいことをしたかもしれないけど、今は追い詰められてすごく困ってるのよ。従兄《いとこ》として助けてくれてもいいのに」

「俺じゃなくても、えみりには頼れる人間がたくさんいるはずだ。まずは自分の両親、そして弁護士。部外者である俺は、何の力にもなれない」

「……っ」

「今後はこの家に来ても、中に入れるつもりはない。——わかったらもう帰ってくれ」

えみりは再びポロポロと涙を零していたものの、新堂はそれを黙殺し、彼女を強引に帰宅させた。

そしてスマートフォンを操作し、芹香に「さっきはごめん」「今どこにいる?」とメッセージを送ったが、既読にならない。

（芹香が怒るのは、当然だ。ただの親族が訪ねてきたのなら彼女を追い出す必要はないのに、「外に出てくれ」なんて言ったんだから、俺たちの関係を怪しむに決まってる）

芹香は新堂とえみりの仲を誤解しているかもしれないが、そんなことはない。

しかし過去に交際していたのは事実で、猛烈な焦りをおぼえる。それとも彼女はそこまで深く考えておらず、ただ一方的に追い出されたことを不快に思っていてメッセージを無視しているだけなのだろうか。

何しろ自分たちは契約上の関係であり、決して恋人同士ではない。新堂が誰とつきあおうと、芹香はまったく頓着していない可能性もある。

結局それから三十分後、彼女は「友人と食事に行くことになったので、帰宅は夜になります」というメッセージを送ってきた。それを見た瞬間、新堂はその〝友人〟が男なのか女なのかが気になり、そんな自分に忸怩《じくじ》たる思いを噛みしめる。

（勝手だな、俺は。最初にビジネスライクな結婚を持ちかけたのはこっちのほうなのに、今は芹香に独占欲を抱いてる。「契約違反だ」って言われるのが怖くて気持ちを伝えることもできないなんて、ひどく滑稽だ）

結局新堂は「わかった」としか返信できず、自宅で仕事をして過ごした。

芹香が帰ってきたら話をしようと考えていたものの、彼女は夜の十一時を回っても帰宅せず、やきもきした気持ちを押し殺す。

やがて午前零時になる少し前、自宅のインターホンが鳴り、驚いて顔を上げた。

（……誰だ？）

今は深夜で誰かが訪ねてくるような時間帯ではなく、帰ってくるとしたら芹香しかいないが、彼女はカードキーを持っているはずだ。

それでも予感がして仕事部屋を出た新堂は、廊下の壁面にあるテレビモニターを確認する。するとそこには芹香の姿が映っていて、「はい」と応答するとモニターの向こうで彼女が言った。

『あ、千秋くん？　ごめん、カードキーが見つからなくて、オートロックが解除できないの』

「えっ」

『悪いけど開けてー』

間延びした口調からすると、芹香は相当酔っているらしい。

「ちょっと待ってて」と言ってインターホンを切った新堂は、自宅を出てエントランスロビーに向かった。すると自動ドアの前で芹香が所在無げに立っていて、こちらの姿を見つけて声を上げる。

「千秋くん、わざわざ来てくれたの？」

「だいぶ酔ってるな。歩ける？」

問いかけた瞬間に彼女が足をふらつかせ、新堂は咄嗟にその身体を抱き留める。

すると強い酒の匂いが漂い、芹香が緩慢なしぐさでこちらを見上げて謝ってきた。

「ごめんね、こんな時間にエントランスまで呼び出しちゃったりして。バッグの中にあるはずのカードキーを、上手く探せなかったから」

「別にいいけど。芹香がこんなに酔うなんて珍しいね」

「そうなの。ふふっ、テキーラいっぱい飲んじゃった」

話がしたくて帰宅するのを待っていたものの、どうやら彼女は相当酔っているらしく、今夜は無理そうだ。芹香の背に腕を回し、身体を抱き寄せる形で自宅まで戻った新堂は、玄関で靴を脱ぎながら言った。

「もう寝たほうがいいよ。シャワーは明日にするとして、メイクとか自分で落とせる？」

「えー、わたし、まだ寝ない」

むずかる子どものようにそう言った彼女が足を止め、突然新堂の首にしがみついてくる。

「ねえ、しよ」

「は？」

「エッチしようって言ってんの」

酒の匂いと共に芹香が纏《まと》う花のような香りが鼻先をかすめ、新堂は彼女の肩をつかんで身体を離しつつ告げる。

「酔った女を抱く趣味はないよ。ほら、早く部屋に入って」

「わたしたちは〝夫婦〟なのに？」

芹香の瞳には切実な色がにじみ、それを目の当たりにした新堂はぐっと心をつかまれる。

一昨日に料亭で見知らぬ男と一緒にいる姿を見てから、彼女と新堂はぎくしゃくしていた。それに加えて昨夜はレセプションパーティーで過去の恋愛話を芹香に聞かれ、今日はえみりが訪問してきたことで彼女を蚊帳《かや》の外にしてしまい、自分たちの関係は拗《こじ》れていると言っていい。

それなのにこうして迫られると、抱きたい気持ちが募る。泥酔した芹香は正常な思考ではない可能性が高く、このまま寝かせるのが賢明だ。それなのに縋《すが》るような眼差しを向けられると心が揺れ、新堂が答えられずにいると、彼女がこちらの手をつかんで自室のドアを開けた。

「芹香、ちょっ……！」

新堂を部屋に引きずり込んだ芹香がベッドに強引に押し倒し、身体の上に乗り上げてくる。彼女は酒気のにじんだ目でこちらを見下ろして言った。

「千秋くんがしたくないなら、そのまま動かないで。――わたしが好きにするから」

腕を伸ばした芹香が股間に触れてきて、スラックスの下で屹立がピクリと反応する。

彼女の柔らかな手がそこを擦り、少しずつ芯を持ち始めて、新堂はかすかに顔を歪めた。身体の位置をずらした芹香がスラックスの前を緩め、半ば兆した性器に触れてくる。そして下着の上からそこを咥えてきて、思わず腰がビクッと跳ねた。

「……っ」

彼女の舌が形をなぞるように屹立を舐め、温かな唾液がじわりと布を濡らす。

布越しの愛撫はどこかもどかしく、それでも舐められている感覚はあり、性器がどんどん硬くなっていくのがわかった。

やがて芹香が充実したものを下着から取り出し、幹をつかんでじっくりと舐め上げてくる。こちらと目を合わせつつ、ことさら舌を見せつけるように剛直を愛撫する様はひどく淫らで、新堂はぐっと息を詰めた。

（くそっ、こんなの反則だろ……）

蒸れた吐息と酒気を帯びた眼差しが壮絶に色っぽく、反応するのを抑えることができない。これほど酔っているのならすぐに寝かせるべきだと思うのに、身体が理性を裏切っている。

「……っ、ん……っ」

彼女が屹立を口腔に迎え入れ、吸いついてくる。

それに眩暈がするような快感をおぼえつつ、新堂は腕を伸ばして芹香の頭に触れて言った。

「……っ、芹香、これ以上は駄目だ。この部屋には避妊具《ゴム》がないから」

すると彼女が口から性器を出し、こちらを見つめてあっさり答える。

「いいよ、別に」

「よくないだろ。そんな……」

「千秋くんには言ってなかったけど、わたし、元々ピルを服用してるの。だから避妊具がなくても平気」

思いもよらない告白に、新堂は目を見開く。そんなこちらをよそに、身体を起こした芹香が新堂の手をつかんでささやいた。

「——脱がせて」

請われるがままに彼女のスカートをまくり上げた新堂は、ストッキングと下着を脱がせる。秘所に触れると蜜口は既に潤んでいて、指がぬるりと滑った。

「ぁ……っ」

色めいた声に煽られた新堂は、そのまま指を中に埋めていく。

するとぬちゅりという音と共に柔襞が指に絡みついてきて、芹香が切れ切れに声を上げた。

「あっ……はぁっ……ん……っ」

指を抽送するうちに愛液の分泌が増え、粘度のある水音が大きくなる。

こちらの腰を跨いでいる姿勢のために指を動かすのは容易で、内壁がビクビクと震えながら締めつけてきた。肩に手を掛けた彼女が顔を寄せ、唇を塞いできて、新堂はそれに応える。

「んっ……ぅっ、……ふ……っ」

ぬるぬると舌を絡ませるたびに指を受け入れた隘路もわななき、その反応に性感を煽られる。舌の表面を擦り合わせ、側面をなぞったり喉奥まで探る動きに、芹香が涙目になった。

「はぁっ……」

ようやく唇を離すと唾液が透明な糸を引き、互いに息を乱す。

やがて彼女は新堂の指を自身の体内から引き抜くと、自ら上着を脱ぐ。そしてこちらの衣服を脱がせ、後ろ手に昂りの幹の部分をつかんで先端を蜜口にあてがってきた。

「んん……っ」

丸い亀頭がぬかるみに埋まり、中がきゅうっと締めつけてきて、新堂は息を詰める。避妊具を着けずにダイレクトに感じる内部の感触は強烈で、気を引き締めていなければすぐに持っていかれそうだった。

「は……っ、ぁ……っ」

肉杭が根元まで埋まり、先端が芹香の最奥を押し上げる。中は狭く、愛液でぬめる柔襞が密着しながら絶妙な圧をかけてきて、新堂は熱い息を吐いた。すると彼女が腰を揺らし始め、内壁と楔がズルリと擦れる。

「あっ……はぁっ……」

芹香が動くうちに中の潤みが増し、接合部から淫らな音が立つ。

こちらの首に腕を掛けながら腰を動かす彼女は、己の快楽を追うのに夢中になっているようだった。その姿はひどく淫らで、新堂は好きにさせながら芹香のブラウスの前ボタンを開けていく。

そして形のきれいな胸をあらわにすると、ブラのカップを引き下ろし、先端を舌で舐めた。乳暈を舌先でなぞり、みるみる硬くなった先端をちゅっと音を立てて吸い上げると、剛直を受け入れた内部がビクビクとわななないてきつく食い締めてくる。

「はぁっ……舐めないで……」

彼女が悩ましげな表情でそう訴えてきて、新堂は胸への愛撫を続けつつ問いかける。

「何で」

「ぁ、達っちゃうから……っ」

ひどく敏感になっているらしい芹香はそう言ってこちらと距離を取ろうとするものの、新堂は構わずふくらみをつかんで頂を強く吸う。

すると内部がきゅうっと締まり、柔襞がゾロリと蠢いて、得も言われぬ快感を与えてきた。彼女が「んぁっ！」と声を上げて背をしならせ、達したのがわかる。

「……っ」

奥歯をぐっと噛むことでつられて達くのをこらえた新堂は、芹香の身体をベッドに横たえる。

そして片方の太ももを抱え、腰を押しつけて一度結合を深めたあと、再び律動を開始した。しとどに濡れた隘路が不規則にわななき、彼女が感じていることがよくわかる。それ以上に新堂が感じている快楽は強烈で、何度も抽送する動きが止まらない。

（やばいな。気持ちよすぎて、頭が馬鹿になる……）

避妊具を着けずに行為をしたのはこれが初めてだが、こんなにも感覚が違うものかと新鮮な驚きをおぼえていた。

だがこの快感は芹香が相手だからこそかもしれず、新堂は律動で彼女を啼かせながら内心「やはり手放せない」と考えた。

（俺はやっぱり、芹香が好きだ。ビジネスの結婚じゃなく、想い想われる関係になりたい）

こんなふうに求めてくるのだから、芹香もこちらを憎からず思っているのだろうか。それとも彼女のほうにも性的欲求があり、手近にいる新堂に手を伸ばしただけなのだろうか。そんなことを考えながら律動を続け、次第に強烈な射精感がこみ上げてくる。いつもより格段に早いものの、やはり生身で芹香を抱く快感には抗えなかった。真上から彼女の身体を抱え込むようにし、奥の奥まで自身を深く埋没させたまま、新堂は息を詰めて熱を放った。

「……っ」

「あ……っ」

熱い精液が放たれ、中を満たしていく。

時を同じくして芹香も達したのか、蠕動《ぜんどう》する内襞が射精を促すように幹に絡みつき、腰

が溶けそうに気持ちよかった。思うさま熱を放った新堂は、深く息を吐きながら彼女を抱く腕の力を緩める。そして身体を離し、自身を引き抜いた。

「ん……っ」

愛液で濡れ光る淫唇から中に放った白濁がトロリと溢れ、シーツに伝って落ちる。

蜜口がヒクリと蠢くのがいやらしく、それを見た新堂は再び欲望が頭をもたげるのを感じつつ、芹香の身体をうつ伏せにさせた。

「千秋くん、何……んぁっ！」

屹立の幹をつかみ、後ろから彼女の中に押し入ると、絶頂の余韻に震える内部がきゅうっと締めつけてくる。

根元まで埋めた途端、中に放った精液がぐちゅりと溢れ出て、視覚的に新堂を煽った。

そのまま抽送を始めると、芹香がこちらに視線を向けて切れ切れに問いかけてくる。

「ぁ、何で……っ」

「気持ちよすぎて、一回で満足できない。もうちょっとつきあって」

「うぅっ……」

後ろからする体勢は正面から抱き合うよりも楔が深く入り込み、切っ先でグリグリと奥を抉ると彼女が呻く。

だが苦痛の色はなく、中がこれ以上ないほどきつく締めつけてきて、新堂は芹香の細い腰をつかんで繰り返し腰を打ちつけた。

「あっ、あっ」

肉同士がぶつかる鈍い音が響き、接合部は溢れ出た白濁でぬるついている。

折り重なるように身を屈め、律動のたびに揺れている胸の先端をきゅっと摘まむと、彼女の嬌声が大きくなった。硬くなったそこを引っ張ったり、指で押し潰す動きに、芹香が感じ入った声を上げる。

「はぁっ……」

髪の隙間から覗く彼女の首筋に、新堂は唇を這わせる。

舌先でなぞる動きに呼応して隘路がビクビクと震え、それに心地よさをおぼえながら身体を密着させてより深く剛直をねじ込んだ。すると背後から抱きすくめられて逃げ場のない形の芹香が、啜り泣きのような声で訴えてくる。

「や、深くしないで……っ」

「苦しい？　でも達きそうになってるだろ、ほら」

「あっ……！」

切っ先で子宮口を抉った瞬間、中が一気に収縮し、芹香が背をしならせて達する。

それをやり過ごした新堂は、彼女の背中のきれいさや尻の柔らかさを堪能しつつ、長いこと揺さぶり続けた。やがて亀頭を最奥にめり込ませて射精すると、芹香がぐったりとベッドに沈み込む。

「……っ……」

彼女の体内からゆっくり自身を引き抜いた瞬間、先ほどより濃い白濁が溢れてシーツに零れ落ちた。

煽情的なその光景をしばらく眺めたあと、新堂は身を屈めて荒い呼吸を繰り返す芹香に口づける。蒸れた吐息を交ぜ、熱っぽい舌をゆるゆると絡ませると、彼女があえかな吐息を漏らした。

簡単に後始末を済ませ、バスルームに移動してシャワーで汗だくの身体を浄める。濡れ髪のまま戻ったところ、芹香はしどけない姿で寝息を立てていて、ベッドの縁に腰掛けた新堂は腕を伸ばして彼女の乱れた髪を撫でた。

「――……」

無防備な寝顔を見ると、心が疼く。

濃密に抱き合ったばかりの自分たちだが、恋人同士ではない。とうにわかっているその事実が、今は苦しくて仕方がなかった。もし恋愛から発展した夫婦なら、彼女の交友関係やどこで何をしていたのかを問い質すことができるだろう。しかし今の自分にその権利はなく、忸怩たる思いがこみ上げる。

（自分から迫って性行為に持ち込んだんだから、少なくとも俺のことは嫌ってないのかな。でも身体の関係に応じるのは〝義務〟だと考えていて、他に気になる男がいるなら――）

芹香とのビジネス婚を、予定より早く終了するべきだろうか。

そんな考えが頭をよぎったものの、すぐに愛情と独占欲がない交ぜになった気持ちがこみ上げ、新堂は顔を歪める。

彼女のことを思えば手放してやるのが最善だとわかっているのに、決断できない。嫌われていないという事実をよすがに、「もしかしたら、そのうち自分を好きになってくれるのではないか」という希望を捨てきれず、現状維持を選択してしまう。

小さく息をついた新堂は、ベッドに上がって芹香の横に身体を横たえた。本当は自室に戻って休むべきだと思うが、今だけは本当の夫婦のような時間を過ごしたい。

抱き寄せると、無意識なのか彼女が自ら身体をこちらに擦り寄せてきて、甘えるようなそのしぐさにいとおしさが募る。

気怠《けだる》い疲労と満ち足りた充足感をおぼえ、急速に眠気がこみ上げていた。芹香の髪に鼻先を埋《うず》め、花のような匂いを感じながら、気がつけば新堂は深い眠りに落ちていた。

第七章

　ぼんやりと意識が覚醒してうっすら目を開けると、室内は既に明るくなっていた。目の前に裸の胸があるのに気づいた芹香は、昨夜の出来事を思い出す。

（そうだ。わたし、昨夜……）

　――酔って帰ってきて、介抱しようとしてくれた彼を強引に自分の部屋に連れ込んだ。

　そう思い出した瞬間、己の痴態がまざまざと脳裏によみがえり、頭が煮えそうになる。

　酒のせいで気が大きくなった芹香は、いつになく大胆だった。自分から新堂を誘い、ベッドの上に押し倒して口での行為をしたばかりか、「この部屋には避妊具がないから」と拒否しようとする彼を説き伏せて事に及んだ。

（最悪だ。本当はいろいろ千秋くんに言いたいことがあったのに、それができないからって抱き合ってうやむやにするなんて）

　そのときこちらのわずかな身じろぎが伝わったのか、新堂が深い呼吸をして瞼《まぶた》を開く。

そして芹香を見つめ、少しかすれた声で言った。

「……おはよう」

「お、おはよう」

「芹香、昨夜の記憶はある？」

突然そんなふうに問いかけられ、芹香はしどろもどろに答える。

「うん」

「誤解がないように言っておくけど、生でしたのは君の許可があったからだ。『ピルを飲んでるから平気だ』って言われたからしたのであって、決して無理やりじゃない」

それを聞いた芹香は、彼に向かって早口で告げた。

「わかってるよ。千秋くんを責める気はないし、むしろ泥酔してたことを謝らなきゃいけないのはわたしのほうだと思ってる。……本当にごめんなさい」

新堂が何かを言おうと口を開きかけたものの、芹香は急いでベッドから起き上がり、床に落ちていた衣服をなおざりに羽織って彼に背を向ける。

「悪いけど、先にシャワー使うね」

そのまま足早に部屋を出て洗面所に駆け込んだ芹香は、後ろ手に引き戸を閉める。

そしてその場に立ち尽くし、深いため息をついた。

(何やってるんだろ、わたし。酔って帰宅して介抱させるだけでも充分迷惑なのに、あんな……)

昨夜の新堂との行為を思い出し、頬がじわりと熱くなる。

最初こそ行為に消極的だった彼だが、途中から主導権を握り、こちらをさんざん乱してきた。避妊具なしでの行為は新堂にとっても刺激が強かったらしく、これまでになく熱のこもったひとときとなったのは否めない。

だがそこに至るまでの自分たちの感情的な行き違いを思い出し、芹香はかすかに顔を歪めた。昨日、この家を訪ねてきたのは小田嶋えみりという女性で、彼女の名前はその前日のレセプションパーティーで〝過去につきあっていた女性〟として耳にしていた。

実際に会った小田嶋は可憐な容姿の持ち主で、しかも新堂の従妹《いとこ》だという。一体何の目的で来たのか、二人の現在の関係はどうなっているのか、聞きたいことはたくさんあったものの、新堂は「悪いけど、ちょっと外で時間を潰してきてもらえるかな」と言ってこちらを排除した。

(何あれ。わたしには彼女を紹介する気はないし、話の内容も聞かせたくないってこと？　わたしじゃなく、急に訪ねてきた小田嶋さんのほうを取るんだ)

何の説明もないまま「外に出てろ」と言われ、芹香の心は深く傷ついた。

だが自分たちの関係を考えれば、それは当然なのかもしれない。芹香は彼の妻だが、それは表向きのことであり、新堂からすれば〝ビジネス婚〟の相手に自身のプライベートな部分を明かしたくないと考えてもおかしくないからだ。

だからだろうか。やるせない思いを抱えてカフェで時間を潰していた芹香は、降谷からの誘いに乗ってしまった。一昨日料亭で偶然再会した彼は接待に使う店選びの相談に乗ってほしいと頼んできて、連絡先を交換していた。

昨日の午後にメッセージを送ってきた降谷は、「来週の接待に使う店に悩んでる」「今夜時間が空いてたら、飯を食いながら話をさせてもらえないか」と誘いをかけてきたため、それを見た芹香はすぐに了承する返事をした。

（別にいいよね。千秋くんは元カノだか従妹だかと好きにやってるんだもん、わたしだって勝手に飲みに行く権利がある）

カフェを出たあとに映画を一本観た芹香は、午後六時に降谷との待ち合わせ場所の有楽町に向かった。

するとスーツ姿でやって来た仕事終わりの彼が、こちらの姿を見て眩しそうな眼差しで言った。

「平木、うちの会社で働いていたときよりもおしゃれになったよな。やっぱり社長秘書だから？」

「う、うん。高級店ばかり訪れるから、『それなりの恰好をしてもらわないと困る』って言われてて」

「すごくいいよ。品があって、連れて歩く俺も鼻が高い」

まるで降谷の従属であるように言われた芹香は、その言葉にふと引っかかりをおぼえた。

確かに現在の自分の服装は以前に比べると段違いに金がかかっており、すべて新堂から贈られたブランド品だ。だが降谷と会うためにわざわざ買ったものではなく、しかも今回は彼の相談に乗るために会っていて、いわば対等な関係だといえる。それなのに〝連れて歩く〟などと言われ、気分を逆撫でされた。

（でも元々は降谷さんのほうが先輩だし、きっと他意はないんだよね。気にしないほうがいいか）

降谷と一緒に向かったのは、外資系ホテルの中にある割烹《かっぽう》料理店だった。

数ヵ月前にオープンしたばかりのその店は、和食でありながら最初にシンガポールでオープンしたという異色の店舗で、瞬く間に星を獲得していて話題性がある。芹香は一ヵ月ほど前に新堂と訪れており、シックな店内を見た降谷は感心していた。

提供されるコースは旬の野菜のすり流しや和牛のカツレツ、キャビアの押し寿司など和と洋のマリアージュをコンセプトにしており、器や盛りつけがとにかくゴージャスだ。

ペアリングしてもらった日本酒を飲みながらの食事となったが、彼はキラキラした目でこちらを見つめて言った。

「こんな店を知ってるなんて、平木はすごいな。ただの和食じゃなくて洋の要素があるのが面白いし、俺も今度取引先の社長を連れて来てみるよ」

「気に入っていただけて、よかったです」

降谷は現在の佐渡谷エンジニアリングがどんな状況なのか、各部署のリストラの進行具合や業務縮小に伴う話を次々にしてきて、それを聞いた芹香は「もう社外の人間である自分に内情を話すのは、守秘義務違反にならないのか」とハラハラした。

やがて食事が終わり、「もう一軒行こう」と言われてバーに移動したが、そこで彼は「実はさ」と打ち明けてきた。

「平木がうちの会社にいた頃は何とも思ってなかったんだけど、このあいだ料亭で会ったときにドキッとしたんだ。あまりにもきれいになってて」

「えっ」

「女の人って、着るものでだいぶ印象が変わるんだな。『おっ』って目を引く品があるっていうか、今の平木みたいな人と一緒に歩くのって、ある意味ステータスだと思ったよ」

降谷は自分がこれまで異性から告白された回数や、「自分がつきあう相手は、それなりのレベルの女性でなければ納得できない」と考えて社内の人間とは交際してこなかったこと、だが今の芹香なら自分にふさわしいという主旨の話をニコニコと語った。

「だからさ、平木。俺とつきあわない？」

それを聞いた芹香は、彼の薄っぺらさを目の当たりにし、思わず言葉を失った。

かつて佐渡谷エンジニアリングで働いていた頃、降谷は整った顔立ちと人当たりのいい柔和な性格、プラントエンジニアリング事業部でトップの成績の持ち主というスペックから、社内の女性社員たちの憧れの的だった。

異性にもてるのに浮いた噂がないのは、彼が真面目で誠実な性格だからだと考え、芹香自身も降谷に対して淡い想いを抱いていた。しかしまさかこんなふうにナチュラルに女性を見下した発言をする人物だとは思わなかった。

(何なの、一体。久しぶりに会ったわたしが好みのタイプになっていたからって、「今の君なら俺にふさわしい」「だからつきあってあげるよ」って？　わたしの内面なんて何も見てないくせに)

おそらく彼にとって、女性は自分を引き立てるための〝トロフィー〟でしかないのだろう。連れ歩いて人に自慢できるタイプだから、彼女にしてあげてもいい。もてる自分にそう言われて、お前もうれしいだろう――そんな態度を取られ、芹香の中に反発心がふつふつとこみ上げた。

わざと結婚指輪を外して降谷と会っていたものの、実は結婚している事実を明かしたほうがいいだろうか。資産一〇〇億円の新堂が夫だと知れば、きっと降谷は驚くに違いない。

そんな気持ちがこみ上げたものの、人の褌《ふんどし》で相撲《すもう》を取れば自分も彼と同じ土俵に上がってしまうことになる。そう考え、芹香はぐっと思い留まった。

（そうだよ。千秋くんがお金持ちなだけで、わたし自身が偉いわけじゃない。だったら彼の社会的地位を使って降谷さんをぎゃふんと言わせようとするのは、間違ってる）

そもそも今まで降谷がこんな人間だと見抜けなかったのは、自分自身の落ち度だ。

そう考えた芹香は深呼吸して気持ちを落ち着かせ、彼を見つめてニッコリ笑うと、ひとつの提案をした。

「わたし、自分がお酒好きなせいか、男の人にも同じレベルを求めてしまうんです。だから降谷さん、わたしと飲み比べしませんか？」

「飲み比べ？」

「そうです。わたしに勝ったら、さっきのお返事をしようかなって」

実は芹香は酒の強さには自信があり、飲めばそれなりに酔うが記憶を失くしたり吐いたりということは一切ない。

しかしその事実をことさら公言したことはなく、勝てると踏んだらしい降谷は二つ返事で勝負に乗ってきた。かくして芹香はジンやテキーラなど強い酒の杯を重ね、彼を酔い潰したあとにタクシーに押し込めて帰宅させた。

一人になった途端にふっと気が緩み、改めて強い酔いを感じて、帰宅した途端に気まずさを誤魔化すように新堂をベッドに誘ってしまったが、一連の記憶は鮮明に残っている。

(千秋くん、わたしに呆れたんじゃないかな。酔って帰ってきてベッドに誘うなんて、もしかしたら「いつもこういうことをしてるのか」って考えたかも)

本当はまったくそんなことはないが、自分からあれこれ言い訳をするのも気まずい。

そんなことを考えているうち、昨夜体内に放たれた精液が太ももをつうっと伝って落ちていって、何ともいえない気持ちになる。ピルを飲んでいるために妊娠の心配はないものの、交際相手に中で出すのを許したのは新堂が初めてで、「自分はこんなにも彼が好きなのだ」と思うと胸が苦しくなった。

(昨日小田嶋さんと何を話したのか、千秋くんに聞きたい。でもわたしをわざわざ外に出したのは、きっと話の内容を知られたくないからだよね)

ならば自分からこの話題に踏み込むのは、ルール違反だ。

たとえ小田嶋が元交際相手だろうと、芹香に新堂を問い質す権利はない。理性ではそうわかっていても、それでも納得できない気持ちが募り、芹香は鬱々としたままシャワーを浴びる。

（こんなふうに割りきれないなら、今後もビジネス婚を続けていくのは無理じゃないかな。もしかすると千秋くんは、小田嶋さんに復縁を迫られたのかもしれないし）

同性の目から見ても小田嶋は美しく、人形のように整った顔立ちや華奢《きゃしゃ》な体形はモデルを思わせるほどだった。

あんなにきれいな女性とつきあっていた過去があり、もし復縁を迫られて、断れる男がいるだろうか。たとえ感情の行き違いがあったとしても、心が揺らいでしまうのが普通ではないのか。

（もし千秋くんが、彼女と復縁するって言ってきたら……わたしはそれを受け入れなきゃいけない。場合によっては、離婚にも応じないと）

自分たちの結婚は最低でも二年間という契約になっており、もしそれを履行できない場合は話し合いで解決することになっている。おそらくは新堂がこちらに違約金を支払って手打ちとなるのだろうが、芹香は金銭などどうでもよかった。

シャワーから上がって髪を乾かし、メイクをする。着替えを取りに二階の自室に戻ると、ベッドにいたはずの新堂の姿は既に室内になかった。身支度を整えてリビングに下りた芹香は、そこにいた彼に努めていつもどおりの顔を作って問いかける。

「朝ご飯、作るけど食べる？」

「うん、もらおうかな。俺もシャワー浴びてくる」

新堂がバスルームに向かい、キッチンに入った芹香は目玉焼きとベーコン、簡単なサラダとコーヒー、フルーツ、近所のブーランジェリーのパンという朝食を用意した。

やがて彼が戻ってきて、二人でキッチンカウンターに並んで座る。

「いただきます」

そう言って新堂がコーヒーカップを手に取り、芹香は気まずい気持ちのまま食事を始めた。

だが黙っているのもどうかと思い、「あの」と口を開きかけると、見事に彼と言葉が重なってしまう。

「あ、ごめん」

「ううん。千秋くんのほうからどうぞ」

「昨日のことだけど――……」

その瞬間、カウンターに置かれた新堂のスマートフォンが鳴り、彼がばつの悪そうな顔をして手に取る。

だがディスプレイに表示されているのが仕事関係の番号だったのか、「はい、新堂です」と応答し、そのまま話し始めた。

「先日はお世話になりました。……はい。……えっ、修正ですか？　御社と僕が交わした契約では、納品物の修正に関しては契約書に明記されていないかぎり、こちらはその義務を負わないはずなのですが」

話の内容からすると、少し前に仕事をしたクライアント先からの電話らしい。

新堂が立ち上がり、話しながら仕事部屋に行きかけたものの、ふとカウンターに置かれた手つかずの朝食を見て躊躇うように動きを止めた。それを見た芹香が、電話の邪魔をしないように小さな声で「わたしが仕事部屋まで持っていくから」とささやくと、彼が頷いてリビングから出ていく。

それを見送り、お盆を取るべくキッチンに入りながら、芹香は小さく息をついた。

（千秋くん、さっきは何を言いかけたんだろ。気になるけど、クライアントから何だかイレギュラーな要求をされてるっぽいし、邪魔しちゃいけないよね）

木製のお盆に彼の朝食をきれいに並べ、芹香はそれを三階の仕事部屋まで運ぶ。

ドアをノックしてそっと開けると、中はいかにもクリエイターらしい雰囲気のインテリアだった。

広さは二十畳ほどで、デスクの上にはパソコンと大きなモニターが二台あり、脇にはノートパソコンが開いたまま置かれている。壁面にはポップな現代アートが何枚も飾られ、仮眠用らしいソファもあって、ブランケットが無造作に掛けられていた。マガジンラックにはいくつも専門雑誌が並び、音楽を聴くためのスピーカーも見える。

そんな中、ワークチェアに座った新堂が、パソコンの画面を見つつマウスをクリックして話していた。

「契約書の内容を確認したところ、開発途中なら追加料金がかからずに仕様変更に応じるという記載がありますが、納品後の修正はなしとなっています。もしこれから修正を依頼されたいのでしたら、新たに契約を交わしていただく必要があるのですが。……ええ」

芹香がソファの前にある小さなテーブルに朝食が載ったお盆を置くと、それに気づいた彼が「ありがとう」というジェスチャーをした。

その後、新堂はクライアントへの対応のためなのか昼近くになっても仕事部屋から出てこず、芹香は「忙しいのだろうか」と考える。

（クライアントが無茶振りをしてきたのに対応してるみたいだから、しばらく千秋くんと話すのは無理かも。朝、何を言いかけたのか気になるな）

コーヒーを持っていこうかと考えたものの、あまり仕事部屋に出入りしては新堂の気が散るかもしれないと考え、それは自重する。

ため息をついた芹香はリビングのソファに座り、パソコンを開いてしばらく仕事をした。途中でカナダにある賃貸物件の管理会社から修繕に関する電話があり、英語で対応する。

海外で物件を購入して賃貸に出す場合は現地の管理会社に業務を委託しているが、これが結構大変だ。彼らは家賃の回収とオーナーへの入金はもちろん、入居者の募集やクレーム対応、修繕の手配などを主にやってくれるものの、日本人とは感覚が違うために話の行き違いが起こりやすい。

入居者の退去やトラブルの事実をすぐに報告してくれなかったり、メールの返信が極端に遅かったり、担当者が休暇を取った場合は誰もフォローをしないために案件が停滞するのはざらで、前の職場で海外の工場とやり取りをしていた芹香は「こっちの業界もそうなのか」と苦笑いすることしきりだった。

今回は修繕に関する相談で、「後ほどオーナーから折り返す」と伝え、電話を切る。そして内容を細かくメモしているところで、インターホンが鳴った。

「はい」

応答したところ、テレビモニターには恰幅のいいスーツ姿の男性が映っていて、どこか居丈高な声音で告げる。

『新堂と申します。千秋の叔父ですが、彼は在宅していますか』

突然の親族の訪問に驚き、芹香は何と答えるべきか悩んだ。

（昨日小田嶋さんをこの家に連れてきたとき、千秋くんは一瞬迷惑そうな顔をしてた。勝手に中に通すより、一度聞いたほうがいいかな）

そう結論づけた芹香は「少々お待ちください」と言って一旦通話を切り、新堂に問い合わせるべく三階に向かおうとする。するとインターホンに気づいた彼が仕事部屋を出て、リビングまで下りてきた。

そしてモニターを見つめてかすかに眉を上げ、次いで深くため息をつく。

「千秋くん、この人……」

芹香が問いかけると、新堂が仕方なさそうに答えた。

「いいよ。通して」

オートロックを解除して数分後に玄関のインターホンが鳴り、芹香は自宅を訪れた新堂の叔父に「どうぞ」と言ってスリッパを出す。

五十代半ばとおぼしき彼は仕立てのいいスーツを身に纏い、いかにも上流階級の人間という雰囲気を醸し出していた。叔父は芹香をジロジロと無遠慮な視線で見つめ、やがて

「ふん」と鼻を鳴らすと、ずんずんとリビングへ向かって歩き出す。

「克明《かつあき》叔父さん、一体何のご用ですか」

リビングのコーナーソファに座っていた新堂が問いかけると、彼――新堂克明は先ほどまで芹香に向けていた不躾《ぶしつけ》な視線とは打って変わり、にこやかな表情で言った。

「突然来てすまないな、千秋。昨日えみりがお前の元を訪れたと聞いて、迷惑をかけたのではないかと思って詫《わ》びに来たんだ」

どうやら彼は、小田嶋えみりの父親らしい。話の内容からそう推測した芹香は、キッチンでコーヒーの用意をしながら内心首を傾げる。

(でも親子なのに、苗字が違う？　一体どういうことだろ)

そんなこちらをよそに、新堂は愛想の欠片《かけら》もない口調で淡々と答えた。

「詫びと言いますが、アポなしで突然訪問しているのはえみりも叔父さんも同じです。こういったことをされるのは、迷惑なんですが」

「そう言われると私も立つ瀬がないが、連絡手段がなかったんだから仕方ないだろう。お前に会うのは、兄さんの葬儀以来だな。元気だったか？」

「お陰さまで」

にべもない反応の新堂をまったく意に介さず、克明はソファにドカリと腰を下ろして言葉を続ける。

「甥《おい》であるお前は、私の息子も同然だ。父親を亡くしたのを不憫《ふびん》に思い、何かと力になってやろうと考えていたのに、私からの電話に出ないし新居の場所も明かさない、おまけに何の相談もなく勝手に結婚するのは、あまりに不義理じゃないか？　今日はえみりからこの住所を聞いて、直接話がしたくてやって来たんだ」

キッチンで湯を沸かしながらカップにドリップ式コーヒーをセットしていた芹香は、自分が二人の会話を聞いていていいものかと考えてひどく落ち着かない気持ちになる。

だが今回は新堂が「外に出ていてほしい」と言わないため、極力聞かないふりをしつつ作業を続けた。そんなこちらをよそに、彼が叔父に向かって淡々とした口調で告げる。

「せっかく来ていただいたのに申し訳ありませんが、本業のほうで急ぎの仕事を抱えているんです。えみりのことを詫びにきたというのは建前で、本当は他に用件があるのでは？　できるだけ端的におっしゃっていただけませんか」

すると克明がムッとした表情になり、本題に入った。

「千秋、お前は兄さんが突然亡くなったとき、私を会社の後継者として強く推挙しなかったな。おかげで新堂グループのＣＥＯは、専務だった柳原《やなはら》に決まってしまった」

「…………」

「本来なら次期ＣＥＯは、創業者一族である私がふさわしかったはずだ。それなのに柳原に決まってしまったのは、こちらに相談なく自社株を売却したお前のせいだぞ。あいつは創業者一族でも何でもない愚直な現場の叩き上げで、新堂グループを統括するにはあまりに力量不足だろう。それなのに」

どうやら彼は、新堂グループのＣＥＯの座を他の人間に奪われたことを怒っているらしい。

その件について甥に文句を言いたかったものの、彼は電話に一切出ず、新居の場所も明かさなかったために手をこまねいていたようだ。しかし娘の小田嶋えみりが何らかの手段で新堂の居場所を突き止め、彼女からここの住所を聞いてやって来たというのが事の顛末《てんまつ》だという。

克明の言葉を聞いた新堂が、冷静な口調で答えた。

「叔父さんもご存じのとおり、俺は父が生きていた頃から会社の経営には一切タッチしていません。父は数年前から、社内事業継承という形で自身の後継者を専務の柳原さんにすると決めていたんです。これまでの彼の仕事ぶりや従業員からの賛同を得られやすいこと、それに実務面での引き継ぎがスムーズであることから決めたのだと聞いています」

父親が保有していた自社株は一人息子である新堂が一旦相続するものの、それらはすべて柳原が買い取ることが数年前から決まっていたという。

「グループの後継者となれば買収や納税の面で金銭的な負担を負うことになりますが、柳原さんはあらかじめそれを了解していました。父の遺言は公正証書があり、開示後に取締役会がその内容を認めて、柳原さんが新しいCEOとして承認されたんです。ですから俺は父の後継について意見する立場ではありませんし、たとえ克明叔父さんを推したところで遺言書に記載された内容が優先されますから、取締役会の決定はまったく揺らがなかったと思います」

理路整然とした新堂の反論に、克明がぐっと言葉に詰まる。

彼が吐き捨てるような口調で言った。

「お前の言うことが正しいのだとしても、ああいう場合は血の繋がった叔父である私の味方につくべきじゃなかったか？　それなのにこちらからの連絡を無視し、転居先も教えないなど、あまりに義理を欠く」

「以前から叔父さんとは親しく連絡を取る間柄ではありませんでしたし、時期的に相続に関する話をされるのだと考え、お話しするだけ無駄だと考えてあえて電話に出なかったんです。非礼はお詫びしますが、会社の件に関して俺ができることは何もありません。父から相続した株式をすべて売却して柳原さんがCEOになった今、まったくの無関係ですから」

するとと克明は明らかにムッとした顔をし、芹香が出したコーヒーを一口飲むと、カップをソーサーに音高く置く。

しかしそうした態度はよくないと考えたのか、何度か深呼吸をして気持ちを落ち着け、ニッコリ笑って口を開いた。

「そうだな。私も長く会社経営に携わってきた人間だ、千秋の言うことは充分理解している。今のはわかっていても口に出さずにはいられなかった、恨《うら》み言のようなものだ。許してほしい」

「…………」

「ところでお前、兄さんから受け継いだ遺産は相当なものだろう。自社株と土地家屋の売却益、銀行預金や美術品、不動産収入など、総額は一〇〇億円を超えるはずだ。違うか」

叔父の言葉を聞いた新堂が、無言でコーヒーを口に運ぶ。克明が話を続けた。

「それらを管理するために資産管理会社を設立したことは、登記を見てわかっている。千秋、私たち一家をその会社の役員にしろ」

芹香はドキリとし、彼を見る。

確かに資産管理会社は普通の企業とは違い、所有する資産を節税しつつ身内に還元していくのが目的の会社のため、親族を役員にして報酬を支払うのが一般的だ。

克明がとびきりの妙案を提示してやっているという表情で新堂を見つめた。

「現時点での会社役員は、千秋の妻一人だろう。それじゃあ絶対的に数が足りないし、節税効果も薄い。だが私や妻、それにえみりも役員になれば、ただ国に税金を払って資産が目減りしていくよりよほどましだ。お前が私に対して働いた不義理も償うことができて、一石二鳥じゃないか。ん？」

二人の話をキッチンから聞いていた芹香は、その厚かましさに唖然としていた。

彼は新堂グループの後継者について新堂に筋違いの難癖をつけにきたばかりか、その詫びのために自分たち一家を資産管理会社の役員にしろと迫っている。

確かに役員を増やせば節税効果はあるだろうが、そもそも会社の原資は新堂が亡き父親から相続した資産であり、それを克明たちに還元してやる義理はないはずだ。

それなのにさも〝新堂のために提案してやっている〟という態度を取るのは、おかしい。

そう思いつつも芹香には口を出す権利はなく、固唾《かたず》をのんで二人を見つめていると、新堂が小さく息をついて言った。

「克明叔父さんの話は、よくわかりました。新堂グループの新たなＣＥＯを決める際に俺が味方しなかったことについては不問にしてやる、その代わりこちらが設立した資産管理会社の運営に自分たち一家を関わらせせろ。そういうことですね」

「ああ」

「――お断りします。俺にとっては、それに応じるメリットがない。先ほどご説明したとおり、新堂グループの後継者は生前の父が決めたことで、俺を恨むのは筋違いです。それに相続した資産は父から一人息子である俺に遺されたものですから、法定相続人ではない叔父さん一家には一切権利がありません」

はっきりとした拒絶の言葉を聞いた克明が、ピクリと表情を動かす。

だがすぐにニッコリ笑い、新堂に向かって告げた。

「千秋、お前は昔からシステムエンジニアの仕事にかまけて、会社経営の経験はないだろう。ましてや資産管理など、これまでろくに学んだことはないはずだ。だが私は新堂家の次男として生まれ、若い頃から資産運用には滅法強い。堅苦しく考えず、アドバイザー的な役割として考えてくれないかな」

「…………」

「ただ、いきなりこんな話をされて戸惑うのはもっともだ。だから今日はこの辺でお暇《いとま》しよう」

そう言って克明が立ち上がり、最初の態度とは打って変わったにこやかな表情で芹香に向かって言う。

「コーヒーをありがとう。邪魔したね」

「――……」

玄関先で彼を見送って頭を下げた芹香は、閉まったドアを見つめて小さく息をつく。リビングに戻ると新堂が二人分のコーヒーカップをキッチンに片づけているところで、躊躇いがちに声をかけた。

「千秋くん、さっきの人って……」

「俺の父方の叔父だ。悪いけど、今度彼が来たら俺が在宅でも『外出中だ』って言って家には上げないでくれるかな。帰宅するまで待つって食い下がられても断ってくれていいし、電話も繋がないでほしい」

「う、うん。わかった」

そう言って彼が仕事部屋に戻っていき、芹香は一人立ち尽くす。

（お金持ちって、幸せなだけじゃなくていろんなしがらみや苦労があるんだ。なまじ資産を持ってると、あんなふうにおこぼれに与ろうとする親戚とかがしゃしゃり出てきて大変だな）

克明は「今日のところはこれで」という発言をしていたため、また来る気でいるに違いない。

明らかに押しの強そうな彼の顔を思い浮かべ、芹香は暗澹《あんたん》たる気持ちになる。だが自分の本分は新堂の秘書であり、来客対応を任されているのだから、責任を持って克明をシャットアウトするべきだ。

そう決意し、芹香はシンクの中のコーヒーカップを洗ったあと、布巾《ふきん》で拭いて棚に収納する。そしてデリバリーで昼食を手配して改めてノートパソコンを立ち上げると、自分の仕事に集中した。

＊　＊　＊

納品後の修正というリクエストは今回は相手の無茶振りともいえる要請だったものの、新堂はクライアントとの信頼関係や今後の取引を考え、修正に応じることに決めた。

(突っぱねてもよかったけど、向こうも困ってるみたいだし、仕方ないよな。今回かぎりってことで恩も売れたから、さっさと片づけよう)

そうは思うものの、先ほどの叔父の克明との会話を思い出し、作業の手が止まる。

彼に会ったのは、父の葬儀以来だった。克明からはこれまで何度も電話があり、こちらと接触したがっているのには気づいていたものの、あえてスルーし続けていたのは彼の用件が父の会社の後継に関することだとわかっていたからだ。

父親が亡くなったのは突然の出来事だったが、新堂は克明が次期ＣＥＯになれないことをあらかじめ知っていた。父は「創業者一族という血筋に胡坐《あぐら》をかき、面倒なことは何でも他人にやらせようとする克明には、経営者の資質がない」と新堂に話しており、万が一に備えて作成した遺言書の内容を知らされていたからだった。

そんな無能な克明が新堂グループの中の会社のひとつを任されているのは、今は亡き祖父の温情だという。優秀な人間を側近につけているために何とか業績を維持できているものの、彼自身にグループ全体を統括する力量はない。だからこそ次期ＣＥＯとして指名されなかったわけだが、克明はそれに不満を抱いているらしい。

しかしこれまで経営に一切タッチしてこなかった新堂が会社の後継について意見する立場にないことは理解していたようで、おそらくは本当に恨み言を言いたかっただけなのだろう。

問題は、その後だ。今まで知らなかったはずの新堂の自宅に彼がやって来たのは、娘のえみりが住所を教えたからに違いない。親戚の女性から言葉巧みに新堂の住まいを聞き出した彼女は、あっさりその情報を父親に伝え、あろうことか一家で経済的にぶら下がってこようとしている。

（父さんに子どもがいなかったのならともかく、俺という息子がいるんだから、弟である克明叔父さんは相続の権利がない。それなのに言葉巧みに擦り寄ってきて甘い汁を吸おうだなんて、どこまで強欲で厚かましいんだ）

克明の目的は新堂が設立した資産管理会社の役員となり、一〇〇億円以上にもなる資産を掠《かす》め取ることなのは火を見るよりも明らかだ。

元より受け入れるつもりのない新堂は、今後叔父からの接触を一切拒否しようと考えていた。電話には出ず、顔も合わせない気でいるが、自宅の場所を知られているのは少々頭が痛い。

（一番いいのは引っ越しして新しい住所を明かさないことだろうけど、ここの住環境は気に入ってるんだよな。一緒に暮らしてる芹香の意向も無視できないし）

芹香の顔を思い浮かべると、ひどく複雑な気持ちになる。

えみりの突然の来訪で追い出された形の彼女は、こちらの態度に気分を害したらしい。

友人と食事に行ったという芹香が帰宅したのは、昨日の深夜零時近くだった。

しかもかなり酔っていた彼女は新堂を押し倒してきて、避妊せずに行為をしてしまったのは記憶に生々しい。

（肝心な話もせず、俺たちは一体何をやってるんだろう。抱き合うより先にやることがあるはずなのに）

新堂は芹香に対して恋愛感情を抱いており、彼女と気持ちの通い合った関係になりたいという願望がある。

しかしそれは〝ビジネス婚〟という前提を崩すもので、契約違反と言われても仕方がないことだ。もしかすると離婚を切り出されるかもしれず、そうなるくらいなら黙って結婚生活を続けたほうがいいと考えていた。

一緒にいる時間が長くなれば、もしかすると芹香は自分を好きになってくれるかもしれない――そんな思いから現状維持しようと努めていたものの、ここ数日は彼女の周辺に男の影がちらつくようになり、落ち着かない気持ちになっている。

（でも話し合いを回避し続けていたら、ぎくしゃくする一方だよな。芹香が他の男に本気になる前に、たとえ離婚に発展するリスクがあろうと気持ちを伝えるべきなのかもしれない）

一度そんなふうに考えるとじりじりとした焦りが募り、ワークチェアから立ち上がった新堂は仕事部屋を出る。

芹香に話すべきことはたくさんあるものの、まずは昨日の出来事を謝りたくて仕方がなかった。おそらく彼女がいるであろうリビングに向かおうとして三階から下りると、二階に差しかかったところで芹香の私室から電話で話しているらしい声が聞こえる。

「……ぱり、タクシーの中に落ちてたんですね、よかった。失くすと大変なものなので、すぐに取りに行きたいんですけど」

気になった新堂は、そちらに足を向けた。

すると部屋のドアが十センチほど開いており、歩み寄ると中の様子が垣間見える。彼女は鏡台の前に立ち、スマートフォンを手に電話をしていた。手元にはバッグの中身がすべて出されて散乱していて、何かを失くして必死に探しているのが窺える。

だとすれば電話の相手は、昨日一緒に飲んだ相手だろうか。新堂がそんなふうに考えていたところ、ふいに芹香が慌てたように声を上げる。

「えっ？　……いえ、わたしのほうから取りに行きます。降谷さんにそんなお手間をかけさせるわけにはいきませんから。……はい。こちらがご迷惑をおかけしている立場なので、ご都合のいい場所を指定していただけたらそこまで行きますし」

そこでしばらく言葉を途切れさせた彼女は、ふと歯切れ悪くなって応える。

「……ええ。降谷さんに告白されたことは、覚えています。わたしは――……」

そのとき芹香が気配に気づいた様子で戸口を振り返り、廊下にいた新堂と目が合う。その瞬間、彼女は明らかに「しまった」という表情をした。そしてスマートフォンを握る手に力を込め、電話の向こうの人物に向かって早口で告げる。

「あの、場所に関してはメッセージで送ってください。すぐに自宅を出ますので。——失礼します」

通話を切った芹香が、スマートフォンを手元に置く。彼女がこちらを見つめ、取り繕う表情で言った。

「いきなりそこにいるから、びっくりした。どうしたの？」

「……芹香と話をしようと思って、リビングに行こうとしてたんだ。そうしたら、電話で話してる声が聞こえて」

答えながら、新堂は自分の気持ちがひどくざわめいているのを感じていた。

今の会話の中で、芹香は確かに「降谷さんに告白されたことは覚えています」と話していた。つまり彼女が昨日会っていたのは男性であり、その相手から想いを告げられたということになる。

しかも告白してきた相手と、日付が変わる頃まで一緒にいたのだ。

（俺は……）

それを聞いた瞬間、新堂の中に渦巻いたのは嫉妬の感情だった。

見知らぬ男が芹香を異性として意識し、人妻であるにもかかわらず愛を告白したという。それは〝夫〟である自分への宣戦布告に他ならず、断じて許しがたい行為だ。

そんなことを考える新堂をよそに、彼女は散らかっていたバッグの中身を雑な手つきでしまい込み、ぎこちない表情で言った。

「悪いけどわたし、すぐに出掛けなきゃならないの。だから話をするのは、帰ってきてからでいいかな」

バッグを手にした彼女が、こちらの横を通り過ぎて廊下に出ていこうとする。気づけばその肘をつかみ、新堂は芹香に問いかけていた。

「――出掛ける用事って、男に会うため？」

「えっ」

「昨夜も一緒だったんだろ。芹香は俺の〝妻〟なのに、その自覚が足りないんじゃないの」

すると芹香が顔をこわばらせ、こちらを見上げて言う。

「それってどういう意味？　わたしがその相手と、親密な関係だって言いたいの」

「だってそうだろ。昨日深夜まで一緒にいて、今また急いで会いに行こうとしてる。それって親密以外の何物でもないんじゃないかな」

話しながら、新堂は「踏み込みすぎだ」と考えていた。

自分には彼女の行動を縛る権利はなく、たとえその行動が目に余っても言い方に気をつけるべきだ。それなのに責める口調で話してしまい、しかも歯止めが利かなくなっている。

案の定、芹香は新堂の言葉に反感を抱いたらしく、頑なな表情になって言った。

「何それ。千秋くん、わたしに対してそんなことを言う権利があるの？」

「俺は君の〝夫〟で、契約には〝婚姻期間中は互いの名誉を毀損しないよう、行動に責任を持つこと〟という項目がある。もし妻が浮気したという噂が立てば俺の名誉を傷つけることになるんだから、意見をする権利は充分あるよ」

「そういう意味で言ってるんじゃないよ。異性との関係うんぬんって言うなら、自分だって元カノだか従妹だかと話すときにわたしをわざわざ外に出して二人きりになってたでしょ。外聞の悪い行動をしてるのは自分も同じなのに、わたし一人を責めるのはおかしいって言ってるの」

彼女の鋭い指摘に、新堂はぐっと言葉に詰まる。

芹香の発言は、正鵠《せいこく》を射ている。えみりは新堂にとって過去につきあっていた相手であり、芹香に話の内容を聞かれたくなかったがために「外に出ていてほしい」と告げた。

そうした態度は〝妻である芹香ではなく、元交際相手を優先した〟と取られても仕方がなく、二人きりになったのも事実で、新堂は彼女を見下ろして答えた。

「聞いてくれ。確かに昨日の俺の行動は誤解されても仕方のないものだし、芹香が怒るのも当然だ。だからちゃんと説明させてくれないか」

「誤解だっていうなら、わたしのほうだってそうだよ。とりあえず今は時間がないし、もう行くね」

そう言って話を打ち切ろうとする芹香の身体を、新堂は衝動的に引き寄せる。

そして息をのむ彼女の頤《おとがい》をつかみ、嚙みつくように口づけた。

「ん……っ」

口腔に押し入り、舌同士をぬるりと絡める。

粘膜同士を触れ合わせた途端、昨夜の濃密な情事がまざまざと思い起こされ、新堂の中に猛烈な独占欲が募った。たとえ自分たちが契約で繫がった関係であろうと、現在の芹香は自分の〝妻〟だ。他の誰かが彼女に触れることは断じて許せず、執拗《しつよう》に舌を絡めると、芹香がくぐもった声を漏らす。

「う……っ」

最初は新堂の身体を押しのけるべく、こちらの二の腕をつかむ手に力を込めていた彼女だったが、次第にその抵抗が弱まっていく。

間近で見つめる芹香の目は潤んでおり、角度を変えて口づけるたびにあえかな吐息を漏らした。やがてどのくらいの時間が経ったのか、新堂がようやく唇を離すと、彼女が上気した顔でこちらを見つめてつぶやく。

「千秋くんの気持ちが……全然わからない。わたしたち、ビジネス上の夫婦だよね？　恋愛感情がないはずなのにこんなことされたら、都合よく解釈したくなるよ。それで困るのはそっちのくせに」

「都合よくって……」

新堂が驚き、芹香の真意を問い質そうとした瞬間、彼女はこちらの身体を押しのけて足早に階段に向かう。

その背中に向かって「芹香」と声をかけると、こちらを振り向いて語気を強めて言った。

「――ついてこないで」

「……っ」

「わたしたち、お互いに頭を冷やしたほうがいいと思う。今日から数日間はホテルに泊まるから」

思いもよらないことを言われ、新堂は思わず口をつぐむ。芹香が言葉を続けた。

「やっぱりビジネス婚なんて、最初から間違っていたのかもしれないね。形として歪《いびつ》だし、本当にビジネスに徹するならよかったけど、中途半端に身体の関係なんて持ったから拗れてる」

「芹香、それは──……」

新堂が口を開きかけたものの、彼女はそれを遮って告げた。

「とにかくそういうことだから。気持ちの整理がついたら、わたしから連絡する」

芹香が「じゃあ」と言い、階段を下りて玄関を出ていく。

ドアが閉まる音を聞きながら、新堂は忸怩たる思いを噛みしめた。先ほどのキスは衝動的なもので、彼女の気持ちを無視したと言われても仕方がない。だがどうしても「男に会いに行かせたくない」という気持ちが強く、独占欲を抑えることができなかった。

(でも──)

キスのあと、芹香は気になる発言をしていた。

「恋愛感情がないはずなのにこんなことされたら、都合よく解釈したくなる」「それで困るのはそっちのくせに」という言葉は、まるで彼女が新堂を好きであるかのようだ。

だがそうすると他の男と会っていることとの整合性が取れず、新堂は悶々とする。

(この状況で「しばらくホテルに泊まる」なんて、どうしたらいいんだ。これから告白し

てきた男に会うのかどうかが気になるけど、彼女を信じて待つしかないのか）

もし芹香が自分に恋愛感情を抱いているというのが、勘違いではなく本当だったら――と新堂は考える。

早い段階から彼女への想いを自覚していた身としては、これほどうれしいことはない。ビジネスライクな契約など破棄して、本当の夫婦になれたらどんなにいいだろう。

そんなふうに具体的な想像をし、じわりと頬を熱くした新堂は思わず口元を手を押さえた。同級生だった高校時代、溌剌としてきれいな芹香はクラスの中心的人物だった。その頃の新堂は髪で顔半分を隠した地味な生徒で、彼女を眩しく感じ、淡い想いを抱いていた。

そんな希薄な関係だった自分たちが、今こうして一緒に暮らしていることが改めて信じられない。大学時代に友人の芳沢の手を借りて外見をガラリと変え、それなりの経験を積んで女性に対して余裕のある態度が取れるようになったものの、結局自分の根底の部分は高校時代からほとんど変わっていないのだろう。

（もし芹香が俺を好きでいてくれるなら、ちゃんと話したい。えみりに関する話はもちろん、高校時代の俺が芹香を好きだったことや、だからこそ再会したときに結婚を持ちかけたんだってことも）

現在の自分たちの行き違いの原因が対話不足からくるものなら、その隙間を埋める努力を惜しむつもりはなかった。だがその前にやることがあると、新堂は考える。

(叔父さんは俺をカモにするのを諦めている様子はないから、このまま放置できない。これ以上付き纏われないために、何らかの手を打っておかないと)

克明の申し出を受けるつもりは毛頭なく、相手にするのも馬鹿馬鹿しいが、いつまでも周囲をうろつかれるのは鬱陶しい。

昔から他力本願な性格だという叔父は、甘い顔をすればどこまでもつけ上がるタイプだ。ならば徹底的に叩いておかなければ、後々大きなトラブルになりかねない。

芹香が言うところの〝冷却期間〟がいつまでなのかわからないものの、克明の問題を片づけるにはちょうどよかった。具体的な手立てを考えながら、踵を返した新堂は仕事部屋に向かって歩き出した。

第八章

自宅を出た芹香は、レジデンスのエントランスラウンジをずんずん歩く。

一面の大きな窓からは緑豊かな中庭が見渡せ、さながら絵画のようだった。コンシェルジュが頭を下げて見送ってくれる中、自動ドアをくぐって外に出た芹香は、千々に乱れた気持ちを押し殺す。

(何あれ。わたしの交友関係に口出しして、しかもキスしてくるとか、あれじゃまるで千秋くんが嫉妬してるみたい)

先ほど自室で電話をしていた相手は、降谷だ。

昨夜泥酔して帰宅した際、バッグの中にあるはずのレジデンスのカードキーが見当たらなかったことを思い出した芹香は、新堂の叔父が帰ったあとに自室で改めて捜していた。

するとバッグの中身をすべて出しても見つからず、紛失してしまったことに気づいて静かに青ざめた。このレジデンスは家賃が数百万円する高級物件で、芹香は居候の身だ。カードキーには物件名や部屋番号などは記載されていないものの、それを持っていれば共用部だけではなく新堂の自宅にも入れてしまうため、失くしたことは大問題だ。

(どうしよう、外で落としたの？　昨日行ったところってどこだっけ)

必死に記憶を探った芹香は、昨日訪れた店を脳内でピックアップした。だがひょっとしたら数時間一緒に過ごした降谷が知っているかもしれないと考え、まずは彼に電話をかけた。すると数コールで出た降谷は、芹香の「降谷さん、わたしの自宅のカードキーが入った革製のパスケースをどこかで見ませんでしたか」という問いかけに、あっさり答えた。

『それなら俺が持ってるよ。昨日の帰りのタクシーの中に落ちてた』

「えっ」

『平木、俺が酔っててフラフラだったたから、タクシーの運転手に運賃として一万円を預けてくれてただろ。たぶんそれを出したときに落としたんだと思う』

確かに昨夜、芹香は泥酔した降谷をタクシーに押し込め、運転手に「これでお願いします」と言って一万円を渡した。

おそらく財布を取り出した際、パスケースも一緒に出て落としてしまったのだろう。しかし芹香自身もかなり酔っていたため、それにまったく気づかなかったに違いない。

（でも、見つかってよかった。もし紛失して悪用されたら大変なことになってたもの）

そう考えた芹香はすぐに取りに行きたい旨を降谷に伝えたものの、返ってきたのは思いがけない言葉だった。

『だったら俺が、パスケースを平木の家まで届けるよ。タクシー代も返したいし、よかったらそのあとデートしないか？』

「えっ」

『こんな高級感のあるカードキーの物件なんて、いいところに住んでいるんだな。どの辺り？』

芹香は慌てて、パスケースを落としたのは自分の落ち度であること、わざわざ持ってきてもらうのは筋違いであるため、自分が降谷の都合のいい場所まで出向くことを伝えたが、彼は引かない。

しばらく押し問答したあと、業を煮やしたらしい降谷が問いかけてきた。

『なあ、俺は昨日平木に「つきあおう」ってはっきり告白したよな。君は「飲み比べをして、自分に勝ったら答える」って煙に巻いてたけど、もしかして記憶にないのか』

それを聞いた芹香は、彼の告白に対してはっきり答えないのは誠実ではないと考えた。

そのため、昨日告白されたことは覚えていること、しかし実は自分は結婚しているという事実を告げようとした瞬間、たまたま廊下にいた新堂に話を聞かれているのに気づいてドキリとした。

慌てて降谷との電話を切ったものの、それはひどく怪しい態度に見えたらしい。彼は芹香の行動を「自分と結婚している自覚に欠ける」と断じてきて、売り言葉に買い言葉のようになってしまった。

（確かにわたしは昨夜遅くまで降谷さんと一緒にいたし、さっきの会話の断片だけ聞いたら怪しく思うのは当然かもしれない。でも、千秋くんだって同じようなことをしてるくせに）

レセプションパーティーに行ったとき、新堂の友人である芳沢は「過去に交際していた彼女を吹っ切れておらず、だからこそ何年も一人でいたんだろう」という主旨の発言をしており、二人の会話からその彼女の名前は〝えみり〟だということがわかった。

そして実際に彼女が自宅を訪れた際、新堂は芹香に向かって「外に出ていてくれないか」と告げ、妻であるこちらの存在を排除した。

彼のそんな態度は、芹香の心を深く傷つけた。新堂への恋愛感情を自覚している状態で過去の交際相手のほうを優先されたのはダメージが大きく、今も思い出すだけで胸がズキズキと痛む。

（自分はああして元カノと二人きりで話してるくせに、わたしの行動を束縛するのって勝手すぎる。しかもあんなキスをするなんて）

先ほどのキスは、新堂が芹香に対して独占欲を抱いているのを如実に感じさせるものだった。

長く執拗な口づけからは「他の男の元に行かせたくない」という思いが伝わってきて、芹香は胸が苦しくなった。新堂の気持ちが、わからない。そもそも最初にビジネス婚を持ちかけてきたのは彼であり、芹香との関係は財産や容姿目当ての女性に言い寄られる煩わしさから解放されるために交わした〝契約〟のはずだ。

本当は一緒に暮らし始めてから新堂を少しずつ意識し、恋愛感情を抱くようになっていたものの、自分たちの間でそれはルール違反であると考えて表には出さないようにしていた。

しかし身体の関係に応じて以降は彼の態度が甘くなり、まるで恋人のような雰囲気になって、新堂のほうも勘違いしてしまったのかもしれない。

（そうだよ。たぶん千秋くんは、〝妻〟であるわたしが他の男の人と親しくするのが面白くないだけ。身体の繋がりができちゃったから、所有欲みたいのを抱いてるだけなんだ）

ビジネスライクだった最初の頃とは違い、身体の関係やそれに引きずられた感情が入り組んで、事態をややこしくしている。

依然として彼に対する恋愛感情がある芹香にとって、今のこの状況はひどく心乱れるものだった。まるで恋人のように優しくし、独占欲をあらわにするくせに、新堂は本当の意味で自分を好きではない。

自分たちの関係が期間限定のビジネス婚である事実は、今もまったく変わってはいないのだ。最低でも二年間夫婦として暮らし、そのあいだ芹香は新堂の妻として振る舞いながら。役員報酬と潤沢な生活費をもらう。

それは契約で決まっていることであり、二年後に新堂が「そろそろ別れようか」と言えば簡単に終わりになる希薄な関係だ。彼にとっての結婚は女性を遠ざけるための恰好の口実で、芹香との生活はいわば〝恋人ごっこ〟に近い感覚なのだろう。

（そんなの、最初にわかってた。身体の関係こそイレギュラーだったけど、「数年間夫婦として暮らすだけでお金がもらえるなんて、仕事だと思えばこれ以上の厚待遇はない」って考えてたんだもの。要はわたしが甘かったってことなんだ）

そのときバッグの中でスマートフォンが電子音を立て、取り出して確認する。

すると降谷からメッセージがきていて、これから下北沢《しもきたざわ》で会えないかという内容だった。

芹香はＯＫの返事をし、駅に向かって歩き出す。

指定されたカフェに到着したのは、それから五十分後のことだった。地下鉄と電車を乗り継いでやって来た芹香は、店内で降谷の姿を探す。すると窓際の席に座る彼を見つけ、近寄って声をかけた。

「降谷さん、お休みの日にわざわざ出てきてもらってすみません」

土曜日である今日は会社が休みのため、降谷は白のオープンカラーシャツにスラックスという爽やかな服装をしている。彼は芹香を見つめ、ニッコリ笑って言った。

「いや。平木と休日に会えるの、すごくうれしいよ。かえってごめんな、俺の家に近いところまで来させちゃって」

「そんな、わたしの都合なんですから当然です。それで、あの……」

躊躇いがちな芹香の言葉に、降谷がバッグの中から茶色い革製のパスケースを取り出す。

「これだろ、平木が捜してたやつ」

「そうです！　ありがとうございます」

自宅のカードキーが見つかり、芹香は心から安堵《あんど》する。

いくら物件の名前や部屋番号が記載されていないにせよ、これさえあれば自宅に自由に出入りできてしまうものを失くしてしまったのはあまりに落ち着かなかった。

するとそんなこちらを見つめ、彼がアイスコーヒーを飲みながら言う。

「昨夜タクシーを降りるとき、これが落ちてるのに気づいてよかったよ。しかし平木は、酒が強いんだな。俺は正直まだ二日酔いだし、電話をもらったときも唸りながら寝てた」

「そうですか」

昨日降谷と飲み比べをしたのは、彼に「俺とつきあわないか」と言われたのを煙に巻くためだ。

その前から降谷のナチュラルに女性を従属扱いする発言や高い自尊心、「君なら連れ歩いて恥ずかしくないから、つきあってあげてもいい」と言わんばかりの態度に引っかかりをおぼえていた芹香は、自分と飲んで勝ったら返事をするという条件で酒の杯を重ねた。

(でも、悪い人じゃないんだよね。たぶん本当に悪気がないっていうか、誉《ほ》め言葉のつもりで言ってる)

残念ながら芹香の感性とは合わないが、だからといって気持ちを弄《もてあそ》ぶようなことはしてはいけない。そう結論づけた芹香は、向かいに座る彼を真っすぐに見つめて言った。

「降谷さん、昨日は告白してくださったのにはぐらかすような真似《まね》をしてしまい、すみませんでした。実はわたしは結婚しています」

「えっ」

「佐渡谷エンジニアリングを辞めてすぐ、入籍したんです。ですから降谷さんのお気持ちには応えることができません。本当に申し訳ありません」

降谷の視線が、こちらの左手の薬指に向けられる。

そこには今まで嵌めていなかった指輪があり、彼が目を瞠ってつぶやいた。

「結婚って……確か平木、飲み会のとき『何年も彼氏がいない』って言ってたんじゃ」

「実は今働いている資産管理会社の社長が、かつてのクラスメイトで。その縁で再会してすぐに結婚という運びになったんです」

指輪は誰が見ても一目で高価だとわかるもので、降谷が顔を引き攣らせて言う。

「な、何だ、そっか。俺はてっきり平木がフリーだと思って、それで」

「すみません。都内のお店については、お問い合わせいただければその都度ご相談には乗れるかと思います。でも、それ以上のおつきあいはちょっと」

そんな芹香の言葉に、彼が取り繕うような表情で答える。

「あ、ああ、店ね。うん、接待で行き先に困ったときは連絡するよ」

彼は腕時計で時間を確認し、財布の中から一万円札と千円札を一枚ずつ出すとテーブルに置いて、そそくさと立ち上がって告げた。

「これ、タクシー代とコーヒー代。このあと予定があるのを思い出したから、もう行くよ」

「はい。わざわざパスケースを届けていただき、ありがとうございました」

立ち上がって丁寧に頭を下げると、降谷が「じゃあ」と言って去っていく。

その後ろ姿を見送った芹香は、あまりにもわかりやすい態度の変化に思わず苦笑いした。

(わたしが結婚してるってわかった途端に帰るって、かなり現金だな。でもつきあえない女と一緒に過ごすのは時間の無駄だろうし、ある意味合理的か)

おそらく降谷から連絡がくることは、もうないだろう。

元より二人きりで会うつもりがない芹香は、小さく息をついて気持ちを切り替える。

(千秋くんに「今日から数日間はホテルに泊まる」って啖呵《たんか》を切って出てきちゃったけど、わたし着替えも何も持ってきてないんだよね。まずは買い物だな)

こうして一人で過ごすのは、約二ヵ月ぶりだ。

会社をリストラされたときは職も住むところも失い、将来に不安がある状態だったが、今の芹香は新堂から支給された秘書としての対価と役員報酬で、金銭的にはそれなりに余裕がある。

そのため、まずはウェブ経由でホテルを二日分予約したあと、表参道《おもてさんどう》に移動した。そしてショッピングモール内でコスメや下着、数日分の着替えを購入し、一旦それをコインロッカーに預けてから映画館に向かう。

立て続けに二本鑑賞したあと、夜は牛丼チェーンに足を運んで久しぶりの庶民的な味を楽しんだ。丼の中のご飯を口に運びながら、芹香はしみじみと考える。

(千秋くんと再会して結婚したあと、わたしの生活は一八〇度変わった。突然今まで馴染みがなかった上流階級の生活をすることになって、その雰囲気にようやく慣れてきたところだったけど、こういうのを美味しく感じるならわたしの根っこの部分はやっぱり庶民なんだな)

ロッカーに預けた荷物を回収し、予約したホテルに向かう。

先ほどは自分を「庶民だ」と考えていたものの、部屋の広さや内装、眺望などは新堂と訪れていたホテルとは比べ物にならず、そう感じてしまう自分にふと不安をおぼえた。

(たった二ヵ月なのに、わたし、だいぶ千秋くんの価値観に感化されてる。こんなの駄目なのに)

ベッドにダイブした芹香はかすかに顔を歪め、しばらくして身体を起こす。

そしてコンビニで買い込んできたワインを開け、グラスに注いで中身を勢いよくあおった。テレビを見ながらワインを一本半飲むと急速に眠気をおぼえ、メイクも落とさずにベッドに入る。

翌日は朝七時に目覚めて、見覚えのない室内を見てしばしぼんやりした。

（そっか。わたし、千秋くんの家を出てきちゃったんだっけ）

スマートフォンを開いてディスプレイを確認したところ、新堂からは連絡がきておらず、ふいに寄る辺のない思いがこみ上げた芹香はぐっと唇を嚙む。

いつのまにか彼と同じ家で暮らすのが当たり前になり、仕事でもプライベートでもほぼ一緒にいた。それでも閉塞感をおぼえなかったのは、新堂が適度な距離を保つよう努めていてくれたからだ。

身体の関係ができてからは態度が甘くなり、何気ないスキンシップが増えたものの、在宅で仕事をするときは互いに別室にいるために窮屈な感じはしない。だがかすかな生活音は伝わり、それが決して不快ではなかった。

（馬鹿みたい、わたし。……たった一日千秋くんと離れただけで寂しくなるなんて）

メイクも落とさずに眠ったせいで髪も服もくしゃくしゃになり、テーブルの上にはワインのボトルや使用済みのグラス、乾きもののつまみの残骸が乱雑に置かれている。

あまりにもだらしない光景に忸怩たる思いを嚙みしめた芹香は、シャワーを浴びて身支度をし、室内をきれいに片づけた。そしてホテルを出ると予約しておいたコワーキングスペースに向かい、パソコンを借りて検討中の物件周辺のリサーチ業務をする。

自宅を出てきたのは芹香自身の我儘《わがまま》であり、仕事を放棄していい理由にはならない。ならば外にいても自宅と同様に、自分に任された業務をこなすべきだ。

そうして作業を進めながらも、頭の隅では常に新堂のことを考えている。彼は今頃、何をしているだろう。感情の振れ幅が狭い彼は芹香が出ていっても普段と変わらず、黙々と仕事をしているのだろうか。それともこちらを気にして、何も手につかずにいるだろうか。

（ううん、それはないな。千秋くん、高校時代からマイペースで周囲に迎合する感じじゃなかったし、わたしがいなくてもきっと自分がするべきことをこなしているはず）

高校時代の新堂は地味で目立たない生徒で、今とはまったく雰囲気が違っていた。

当時の芹香は同じクラスでありながら彼とほとんど接点がなかったが、ここ最近は「もしあのとき、新堂と話をしていたら」と考える。

本質的に今と変わらないとすれば、芹香はきっと彼に心惹かれていたに違いない。整った容姿や財力は新堂の大きな魅力だが、それがなくとも彼の話し方や醸し出す雰囲気に惹かれたのではないかと思う。

（それとも、そんなのは詭弁《きべん》なのかな。千秋くんの財力やライフスタイルは切っても切れないもので、結局それも込みで好きなのかも）

途中で休憩を挟みつつ夕方まで仕事をし、帰りはリフレッシュのためにスパでフェイシャルと全身マッサージを受けた。

アロマの香りとエステティシャンの手に心地よさをおぼえながらも、芹香は今後のことを真剣に考える。自分たちは互いの利益のために〝ビジネス婚〟を選択し、期間限定で夫婦として生活しているのが現状だ。

だがそれは新堂と身体の関係を持ったことで、ひどく歪になってしまった。契約書に記載された内容では結婚期間がまだ一年十ヵ月ほど残っており、今の生活を続けていかなくてはならないが、たぶんそれは無理だ——と芹香は考える。

(だってわたしは、千秋くんが好きだから。このまま気持ちを隠し通すのはきっと無理だし、契約満了まで結婚生活を続けたら別れるのがつらくなる)

だったら傷の浅い今のほうが、身を引く絶好のタイミングではないか。

新堂が普通の結婚生活を望んでいない以上、芹香が彼に対して恋愛感情を抱いている事実は煩わしいことに違いない。そして芹香自身、中途半端な独占欲を抱くだけで本当の愛情をくれない彼と暮らすのは、時間が経つにつれて苦しくなるのが目に見えている。

(千秋くんと別れて、ごく普通の庶民の生活に戻る。……もしかすると、それがわたしにとって最善の選択なのかもしれない)

昨日ホテルの部屋に入った瞬間、中を「狭い」と感じた芹香は、そんな自分に危機感をおぼえた。

新堂と別れるのなら、上流階級の価値観は厄介でしかない。彼との生活は一生続くわけではなく、染まりきってしまっては後々必ず苦労する。

(そうだよ。千秋くんとは生まれつき住む世界が違っていて、今までの生活がわたしにとっては分不相応だったんだから、勘違いしちゃ駄目だ。彼との生活は、いつか解けてしまう魔法みたいなものだったんだもの)

そう結論づけた瞬間、心を占めたのは寂寥感だった。

この二ヵ月ほどの生活は人生のボーナス期間と言っていいほど刺激的で、カルチャーショックの連続だった。

何より彼との生活はストレスがなく、適度な距離が心地よかった。新堂はいつも芹香の仕事を褒め、資料を作成したりお茶を淹れるたびに「ありがとう」という言葉を欠かさず、きちんと評価してくれる。自分なりに努力した部分を汲み取り、それでいて無知な部分を嗤《わら》わず丁寧に教えてくれるため、不快な思いをしたことは一度もなかった。

思い返せばあっという間の二ヵ月だったが、手放すと決めた途端に涙が出そうになる。

だがいずれこうなる予定だったのだから、それが早まったと思えばいいだけだ。

(よし。そうと決まったら、明日千秋くんの家に帰ろう。いつまでも先延ばしにしたって仕方ないもんね)

自宅を飛び出して以降は新堂からの連絡はなく、芹香はその意味を考える。

彼は降谷との関係を誤解し、「身持ちの悪い女は、妻として外聞が悪い」と考えて離婚を検討しているのだろうか。それともこちらの意思を尊重し、考える時間をくれているのだろうか。

その日の夜、芹香はホテルの部屋で転職サイトを検索し、新しい職場を探した。新堂と別れるなら職も住むところも失うため、佐渡谷エンジニアリングをリストラされたときに逆戻りだ。だが今は以前と違って蓄えがあり、住まいも贅沢をしなければすぐに借りられるだけの余裕がある。

（そっか、社保も脱退して国保に切り替えなきゃいけないんだ。パスポートも改名したばかりだし、元に戻すとなるといろいろ大変だな）

一夜明けた翌朝、芹香は新堂にメッセージを送った。

「これから帰ります」「十時くらいに着く予定なので、今後のことを話し合いましょう」という文面を送信すると、すぐに既読がついて返信がくる。

「わかった」「待ってるよ」という文言はあまりにも簡潔で、彼が何を考えているかわからなかった。

（千秋くんが何を考えてるのかわからなくて怖いけど、これ以上は逃げない。話し合いの

末にビジネス婚を解消することになっても、それはもうしょうがないんだから）

そう決意した芹香は荷物をまとめ、ホテルをチェックアウトしたあと、公共交通機関を使って麻布十番の自宅まで戻る。

タクシーを使うのが一番スムーズだったが、離婚後の生活を考えると無駄遣いはできなかった。数日分の着替えを買ったこともあり、複数の紙袋を手にした芹香は、駅からレジデンスまでの数分の距離を歩く。

そして建物の門扉の前に到着し、カードキーを取り出そうとしていたところ、ふいに後ろから「あの」と声をかけられた。

「はい？」

振り向いた芹香は自分に声をかけてきた人物を見つめ、目を見開く。

そこにいたのは、小田嶋えみりだった。白のトップスに黒のフレアスカートというシンプルな服装だが、爪先が尖った黒のパンプスとシャーベットピンクのバッグがアクセントになっており、緩やかに巻いた髪が華やかだ。

いかにも上流階級の人間という雰囲気を漂わせた彼女は、芹香を見つめて微笑んだ。

「千秋の奥さまの、芹香さんですよね。先日はお邪魔いたしました、小田嶋です」

「――……」

「ちょうどそちらのお宅にお伺いするところだったんです。そんなにたくさんの荷物を抱えられて、千秋のお金でお買い物でもされていたんですか？　いいご身分ですね」

微笑みながらそんな嫌みを言われ、芹香はかすかに眉をひそめる。

たとえそうだとしても金の使い方は夫婦間の問題であり、他人である彼女に当て擦られる筋合いはない。じわりと不快感をおぼえながら、芹香はえみりがここにいる意味を考える。

（もしかしてこの人は、わたしがいないあいだもここを訪れていたのかな。千秋くんと二人きりで会って——それで）

新堂は〝妻〟である自分がいないのをいいことに、元交際相手である彼女を自宅に連れ込んでいたのだろうか。

そんな想像をする芹香を見つめ、えみりが言葉を続けた。

「私、芹香さんとは一度じっくりお話ししたいと思っていたんです。私のこと、彼から何か聞いていていらっしゃいますか？」

「いえ、……」

「あら、何もお聞きになっていないだなんて、千秋ったらさすがにばつが悪かったのかしら。私と彼は従兄妹同士ですけど、過去につきあっていたんです」

彼女の口からはっきりと交際の事実を告げられ、芹香は唇を引き結ぶ。

レセプションパーティーで新堂と芳沢の会話を聞いてそうではないかと思っていたが、それが当人によって裏づけられた形だ。えみりがにこやかに告げた。

「私たち、千秋が大学に入学した頃からつきあい始めて、一度は別れたんです。でも離れてみて、やっぱり私には千秋しかいないし彼も同様なんだってことを先日確認しました」

それは三日前、彼女がここを訪れたときのことだろうか。

芹香を外出させたあと、新堂とえみりは想いを確かめ合い、やはり互いに好きだと確認したのだろうか。そんなふうに考えて言葉が出ない芹香を余裕の表情で見つめ、彼女が話を続けた。

「突然千秋が結婚したって聞いたときは驚きましたし、一体どこの令嬢かと思いましたけれど、芹香さんは名家の出身でも何でもないそうですね。しかも母子家庭で、会社をリストラされたばかりだったとか」

「それは……」

「ご存じのとおり、新堂家は大きなグループ会社を営んでいて、財界では名家と言われています。私も千秋もその一族に名を連ね、彼は会社こそ継ぎませんでしたけど前ＣＥＯの嫡男で、伯父が亡くなったあとに相続した遺産はかなりの額です。あなたは千秋が相続した莫大な財産が目当てで、彼と結婚したんですよね？　高校時代の同級生という立場を利用してまんまと妻の座に収まるだなんて、さすが母子家庭の方は貪欲でいらっしゃるんですね」

美しく微笑みながら嘲られ、芹香はピクリと表情を動かす。

確かに新堂が亡くなった父親から相続した遺産は莫大な額で、彼の財力に魅力を感じる女性は多いだろう。実際に芹香自身もその恩恵を受けているため、きれい事は言えない。

（……でも）

新堂との再会は偶然で、彼の素性を知ってこちらからアプローチしたわけではない。

むしろ新堂のほうからビジネス婚を持ちかけられ、互いの利益のために結婚したのだから、自分たちの立場は対等のはずだ。それなのに「母子家庭育ちだから金に対して貪欲なのだ」と言われることは、女手ひとつで育ててくれた母の名誉のためにも聞き捨てならない。

そんなふうに考える芹香を見つめ、えみりがニッコリ笑って言葉を続けた。

「私たち、数年ぶりに話をして互いに大切な存在だと再認識しましたけど、千秋は優しいからすぐにあなたと離婚する決断ができないかもしれません。だって結婚してわずか二ヵ月ほどで離婚するのは、あまりにも外聞が悪いですものね」

「…………」

「ですから芹香さん、手切れ金を差し上げますから、彼から手を引いていただけませんか？　今ここで了承してくださるなら、金額はそれなりにお支払いします。あなたはまだお若いし、おきれいでいらっしゃるんですから、愛のない結婚生活を続けるよりはけじめをつけて新しい道を探したほうがよいのではないかしら」

それはここ数日、芹香が考えていたことと概《おおむ》ね同義だ。

ビジネス婚を選択したにもかかわらず、新堂に対して恋愛感情を抱いてしまった芹香は、これ以上彼と結婚生活を続けるのは無理だと考えていた。

愛されていないのに身体の関係を続ければ、自分は新堂に執着してしまう。彼の優しさに意味を見出そうとし、それが戯れにすぎない事実に傷ついて、やがて離婚を切り出されたときに苦しむのは目に見えている。

（だからそうなる前に、終わりにしようって思ってた。千秋くんがわたしのことをあくまでもビジネス婚の相手としか考えてなくて、中途半端な独占欲を抱きながらもあくまでも期限つきの関係としか捉えてないなら、離婚したほうがいいって。……でも）

こんなふうにあからさまに出自を侮辱され、札束で顔を引っ叩《ぱた》くような言動をされるのは、我慢がならない。

そう考えた芹香は背すじを伸ばし、深呼吸する。そして正面からえみりを見つめ、口を開いた。

「──おっしゃりたいことは、それだけですか」

「えっ？」

「先ほどお答えしたように、わたしは主人から小田嶋さんについて何も聞かされておりません。ですから過去に交際されていたことや彼とあなたが二人でどのような話をされたのか、詳細を確認できていない状態です」

一旦言葉を切った芹香は、彼女と目を合わせて言葉を続ける。

「ですからこの場では、何もお答えするつもりはございません。小田嶋さんはご自身が新堂家に名を連ねていることを誇りに思っていらっしゃるようですが、名家ご出身であるにもかかわらず白昼堂々略奪愛を告白し、わたしを出自で見下して『手切れ金をやるから手を引け』などと品のない発言をされるんですね。お見それしました」

「なっ……」

えみりの頬がかあっと赤くなり、それまで余裕だった表情が崩れる。

おそらく彼女は、芹香が言い返してくることを想定していなかったのだろう。しかも名家出身であるのを誇りつつもそれを当て擦られた形で、芹香は内心「馬鹿みたい」と考える。

（今までは家柄や容姿で何を言ってても全部通ってきたのかもしれないけど、雑草育ちを舐めないで。そっちが見下した態度を取ってくるなら、とことん言い返してやる）

そのとき目の前にある建物から、新堂が姿を現す。

彼は芹香とえみりの姿を見つめ、目を瞠って言った。

「芹香、それにえみりまで。こんなところで何をしてるんだ」

「千秋くん、どうして……」

「俺は芹香がそろそろ駅に到着するだろうから、迎えに行こうと思ってたんだ」

どうやら新堂は、芹香が一人のときはいつも公共交通機関を使っていることを考慮し、徒歩数分の駅まで迎えに行こうとしていたらしい。

するとえみりが突然彼に身体を寄せ、泣き出しそうな表情で訴えた。

「千秋、この人ひどいのよ。私があなたに会いに来たって言ったら、『あんたに会わせるつもりはないから』って罵《ののし》って、腕をつかんで乱暴してきたの」

「……芹香が？」

「そうよ。やっぱり育ちが悪いから、平気でそういうことができるんだわ。こんな粗暴な人は新堂家にはふさわしくないんだから、さっさと離婚したほうがいいわよ」

先手を打って被害者ぶるえみりを前に、芹香は苛立《いらだ》ちをおぼえる。

彼女の話を聞いた新堂は、一体どちらを信じるのだろう。従妹で元交際相手であるえみりと、かつての同級生とはいえ〝妻〟となって日が浅い芹香では、やはり信用度が違う気がする。

（そうだよ。千秋くんはこの人のことをずっと忘れられなかったんだって、芳沢さんが言ってた。だからこそわたしを排除して二人きりで話してたんだろうし）

そんな諦めが心を占めた瞬間、新堂が彼女の両肩をつかんで自分から離す。そして淡々とした口調で言った。

「芹香はそんな言動をする人間じゃないから、見え透いた嘘をつくのはやめろよ。そういう自分勝手なところ、ほんと昔から変わらないな」

するとえみりが潤んだ瞳を彼に向け、信じられないという表情でつぶやく。

「ひどい。どうしてそんなこと言うの？　私がこの人にひどい目に遭わされたのは、本当のことなのに」

「だったらこのレジデンスのコンシェルジュに確認を取ろうか。ここはセキュリティーが堅牢で、門扉のところにも防犯カメラがついてる。お前が言うように芹香が腕をつかんで乱暴したっていうなら、その映像がログに残ってるだろう」

すると彼女がわずかに怯《ひる》み、黙り込む。新堂が言葉を続けた。

「一昨日《おととい》から、俺がインターホンに応答しなくてもしつこくこの家を訪れていたのは、何か目的があったからだろ。これまで数年間没交渉だったのに急に接触してきたのはどうしてだろうと考えて、俺なりに人脈を使って調べた」

「えっ」

「会食の誘いを断らずに参加しているおかげで、あちこちの業界に知り合いがいるんだ。えみり、お前は不貞を犯して夫である小田嶋さんに離婚を迫られているらしいな。でもそれが嫌で対話を拒否し、実家に逃げ帰ってる。違うか」

それを聞いた芹香は驚き、彼に向かって問いかけた。

「ちょっと待って。この人、もしかして結婚してるの？」

「ああ。叔父の娘なのに苗字が〝新堂〟じゃないのは、えみりが結婚してるからだ。彼女はかつて俺と交際しながらベンチャーキャピタルの社長と同時進行でつきあい、二人を秤にかけて結局彼と結婚した」

ならばえみりは現在も既婚者であるにもかかわらず、新堂とよりを戻そうとしていたということだ。

芹香が呆れてまじまじと見つめると、彼女がばつの悪そうな顔になり、あからさまに視線をそらす。新堂がえみりに向かって言った。

「お前は俺に『小田嶋にモラハラされてる』『このあいだは突き飛ばされて腕に痣ができた』って言ってたけど、それも嘘だろう。俺が聞いた噂では小田嶋さんは穏やかな性格で、DVやモラハラをするようには見えない人物だと誰もが口を揃えて言っていた。もちろん外で見せる顔とプライベートは違うだろうし、一概には言えないが、えみりのほうが金遣いが荒く一緒にいる男が毎回変わっているという印象みたいだ」

「それは……」

「そして昨日、小田嶋さん本人と連絡が取れて、電話で直接話をした。彼は半年前から興信所を雇い、お前の身辺を探っていたそうだ。その結果、現在三人の男と同時進行でつきあっている証拠が揃っていると語っていた」

彼女がかすかに顔を歪め、唇をぐっと引き結ぶ。芹香は新堂に対し、遠慮がちに問いかけた。

「あの、さっき小田嶋さんはわたしに『数年ぶりに話をして、お互いにとって大切な存在だと再認識した』『手切れ金を支払うから、あなたは身を引いて』って言ってきたの。それは嘘だったってこと？」

「真っ赤な嘘だよ。俺とえみりが昔つきあっていたのは事実だけど、今となっては思い出したくもない過去だ。芹香と別れて彼女とよりを戻すなんて、一〇〇パーセントありえない」

　彼は改めてえみりに向き直り、冷ややかな眼差しで告げた。

「お前は小田嶋さんに離婚されそうになっていることに焦り、新たな寄生先を探していたんだろう。そして俺が父さんの遺産を相続したことを思い出し、結婚相手である芹香と別れさせた上で自分がその後釜に座ろうと画策した。叔父さんが自分たちを俺の資産管理会社の役員にしろと迫ってきたことといい、一家揃ってどこまで厚かましいんだ」

「……っ」

「俺は芹香と別れるつもりはないし、お前とよりを戻す気もない。こうして毎日のように家に来られるのも迷惑だから、今後は断固とした手段を取らせてもらう。わかったらもう帰ってくれ」

　彼女に向かって最後通牒《つうちょう》を突きつけた新堂が、芹香の背中に手を添えて促す。

「――中に入ろう」

「でも……」

　芹香が躊躇いつつチラリと振り返ると、えみりが屈辱に顔を歪めながら声を上げる。

「千秋、あなた絶対後悔するわよ。そんな出自の卑《いや》しい女を奥さんにして、いつか財産をごっそり使い込まれるんだから」

「それはお前の中にそうしたいという願望があるから、芹香のこともそんなふうに見えるんじゃないか？　いわゆる自己投影ってやつだな」

「……っ」

「悪いけど、芹香に金を使い込まれたとしても俺は何とも思わない。むしろ欲がなさすぎて心配になるくらいだから」

さらりとそんな発言をする彼の横顔を見つめ、芹香は驚きに目を見開く。

新堂は今度こそえみりに背を向け、淡々と告げた。

「話は終わりだ。お前とは今後いかなる話題でも二人きりで話をする気はないから、よく肝に銘じておいてくれ」

第九章

えみりに背を向け、芹香と共に建物内に入った新堂は、静かなロビーエントランスを通り抜けて自宅を目指す。

そうしながらも先ほどのえみりとのやり取りを思い出し、ムカムカしていた。

（あいつ、俺の知らないところで芹香に接触するなんて油断も隙もない。しかも手切れ金を提示して別れさせようとするなんて、どこまで自分勝手なんだ）

隣を歩く芹香を見ると、彼女は紙袋をいくつも持っている。

新堂が「持つよ」と言って手を差し伸べたところ、彼女は首を横に振って言った。

「大丈夫。数日分の着替えを買って、ちょっと嵩張《かさば》ってるだけだから」

芹香が自宅に戻ってくるのは、二日ぶりだ。

彼女が電話で男と意味深なやり取りをしているのを聞いてしまい、それを問い詰めたのは正直悪手だった。芹香が「今日から数日間はホテルに泊まる」と言って出ていってからというもの、新堂はいつ彼女から連絡がくるのかとやきもきし続け、今朝メッセージがきたときは安堵と不安、両方の気持ちを感じた。

（芹香は「今後のことを話し合いましょう」って書いてたけど、一体どんな結論を出したんだろう。もしかして、俺と別れたいとか言うつもりかな）

そんなことを考えながら、自宅に到着する。

芹香が荷物を置き、「お茶を淹れるね」と言ってキッチンに入ろうとしたものの、新堂はそれを押し留めて言った。

「お茶はいいから、座って。──話をしよう」

「…………」

彼女がソファに腰を下ろし、新堂は向かい合う位置に座ると、再び口を開いた。

「さっきは外に出た途端、芹香とえみりがいて驚いた。もしかして建物の前で声をかけられたのか？」

「うん。中に入ろうとしたら、後ろから突然『あの』って」

芹香がえみりとの会話の一部始終を説明し、新堂は苦々しい気持ちで応える。

「彼女との関係を、俺の口からちゃんと説明させてほしい。芹香ももう知っているとおり、俺とえみりは過去につきあってた」

た」

「…………」

「前も説明したとおり、俺は大学でイメチェンしてからものすごく異性に興味を持たれるようになってさ。えみりとは従兄妹同士とはいえ、子どもの頃からあんまり交流はなかったんだけど、俺がもて始めてから急に接近してきて、押しきられるようにつきあい始めた」

自他共に認める美少女であるえみりは甘え上手で、恋愛に消極的だった新堂は次第に彼女に夢中になった。

自分なりにえみりを大切にし、交際していた二年ほどのあいだはねだられるがままにかなりの金を使ったが、最終的に彼女が選んだのはベンチャーキャピタルの社長である小田嶋だった。

「俺は父親の会社を継ぐ気はなくて、システムエンジニアとしてやっていこうと考えてたから、どうやらえみりはそこで見切りをつけたみたいだ。つきあっているあいだはまさか他の男と二股をかけられてるなんて思わなかったし、彼女との将来をちゃんと考えていたから、裏切られたと知ったときはものすごくショックだった。……もう女は懲《こ》り懲《ご》りだと思うくらいに」

するとそれを聞いた芹香が、躊躇いがちにつぶやく。

「じゃあ千秋くんがわたしにビジネス婚を持ちかけてきたのは、小田嶋さんのことがあったから？　あの人に裏切られたから……それで」

「うん。えみりと別れてからは、近づいてくる異性は俺の財力とか見てくれにしか興味がないんだろうなって言うのが透けて見えて、心底うんざりしてた。一度断ってもその事実がなかったように繰り返しアプローチしてきて、まるでエイリアンみたいに見えてたんだ。そんなとき、芹香に会った」

やるせなく笑った新堂は、彼女を見つめて告げる。

「芹香は再会してすぐに俺がビジネス婚の話をしたとき、驚いてたよな。あのときは俺も自分の言葉にびっくりしたけど、誰でもよかったわけじゃない。芹香だからこそ持ちかけたんだ」

「どうして……」

「高校のとき、俺が芹香を好きだったから」

芹香が意外なことを言われたように目を見開き、新堂はチラリと笑って説明した。

「俺、高校のときすごい陰キャだっただろ。逆に芹香は、いつもクラスの中心にいた。きれいで明るくて、たぶん同じ学年の男子たちは皆君のことが気になってたんじゃないかな」

「そう？　そんなことない気がするけど」

「私立の学校だったから穏やかな校風だったし、概ね平和に過ごすことができたけど、二年のときにクラスの調子に乗ったタイプの男子に絡まれたんだ。たまたま身体がぶつかっただけで因縁をつけられて、どうしようかなって思ってたら、芹香が助けてくれた」

新堂は同じクラスの人間が見て見ぬふりをする中、芹香だけがはっきりその男子生徒に対して意見してくれたこと、そして問題が後を引かないようにあっけらかんと場を収めてくれたことを話す。すると彼女が、困惑したようにつぶやいた。

「ごめん、覚えてない。その〝調子に乗ったタイプの男子〟っていうのが林田《はやしだ》かなっていうのは、何となく想像がつくけど」

「うん、そうだろうな。昔の俺はとにかく目立たなかったし、再会したときの芹香は俺の名前もうろ覚えだったから、当時関わった記憶は一切ないんだろうってことは早い段階でわかってた」

苦笑いした新堂は、芹香を見つめて再び口を開く。

「当時のことだけど、いきなり教室で聞こえよがしに大声で誰かに絡むシーンを目にしたら、普通はそこに割り込めないと思うんだ。自分が巻き込まれないように振る舞うのが普通なのに、芹香はそれまで話したこともなかった俺のために林田に『やめなよ』って言ってくれて、その真っすぐさを恰好いいと思った。それから何となく目で追うようになって、君が誰とでもフレンドリーに話すことや面倒見がいいこと、いつも笑顔であるのを知って、気がついたら好きになってた」

「千秋くん、本当に高校のときわたしのこと好きだったの？　そんなの全然知らなかった」

　彼女が驚きの表情で問いかけてきて、新堂は頷く。

「うん。実際にアプローチしたわけではないし、卒業まで言葉を交わさないままだったけど、好きだったよ。だから九年ぶりに再会したときはすぐに顔がわかったし、芹香が仕事も住むところも失って困ってるのを聞いて、助けたいと思った」

「でも千秋くんは、小田嶋さんとつきあって……」

「それについては、弁解はしない。卒業後にまた君に会えるなんて思わなかったのと、えみりの押しがとにかく強くて、つきあってみるのもいいかなと考えたんだ。交際するうちに我儘だけど甘え上手な彼女のことを好きになっていったし、そうするうちに芹香のことはまったく思い出さなくなってた」

　だがえみりに裏切られ、自らのスペックだけを見て近づいてくる異性に辟易していた中、再会した芹香は新堂の中に高校時代の気持ちを鮮やかによみがえらせた。

大人になっても変わらずきれいでさっぱりとした性格だった彼女は、新堂が資産家だと聞いたときに戸惑いの色を浮かべ、どちらかというと腰が引けた様子で、金に興味を示さないその反応がひどく新鮮だった。

ビジネス婚を持ちかけたのは、資産管理会社の役員を増やしたかったのはもちろんだが、芹香への好意が潜在的にあったからだ。大人になった今なら、彼女と新たな関係を築けるかもしれない――そんな希望がふいに芽生え、それを下心だというのなら確かにそのとおりなのだろう。

そんな発言を聞いた芹香が、瞳を揺らしてつぶやく。

「そんなの……全然知らなかった。一緒に暮らし始めてからの最初の一ヵ月間、千秋くんはマイペースで淡々としてて、本当にビジネスライクに見えたから」

「最初はすぐにどうこうなろうとは考えてなかったよ。俺たちは元同級生とはいえまったく親しくなかったたし、実際にひとつ屋根の下に住んだらもしかしたら芹香の嫌なところが見えるかもしれないと考えてた。最初は俺の財産に興味を示さなくても、いつしか金を使うのが当たり前みたいになって、我が物顔で無駄遣いをするようになるんじゃないかって」

だが芹香は新堂が何かプレゼントをするたびに恐縮して礼を述べ、秘書の仕事にも予想外に真剣に取り組んでくれた。

　そうした姿を目の当たりにするうち、新堂の気持ちに変化が現れた。

「芹香の人間性は昔から変わってなくて、人として信用できると感じた。それと同時に、君のきれいな容姿やさっぱりした気性が好ましく感じて、この結婚生活がビジネスじゃなく本当のものになったらどんなにいいだろうって考えるようになったんだ。芹香に好きになってほしいのに、君は俺の財産や容姿にはさほど興味がなくて、仕事だと割りきっている。それどころか、自分の仕事が対価に対して見合っていないのを悩んでいて、だからこそつけ込んだ。『普通の夫婦みたいに身体の関係を作れば、心理的負担を軽減できるんじゃないか』って」

　新堂は膝に肘をついてわずかに身を乗り出し、彼女に問いかけた。

「ずっと疑問だったんだけど、何であのとき芹香は俺の提案をのんだの？　俺としては拒まれれば無理強いする気はなかったし、それを盾に契約を破棄するつもりもなかった。君は自分の意思がはっきりしてるから、嫌なら嫌って言えるはずだろ。それなのに」

「わたしは……」

　芹香がわずかに言いよどみ、モソモソと答える。

「それはわたしが──千秋くんのことが好きだったから」

「えっ？」

「再会した当初は、申し訳ないけど名前を言われてもピンとこなかった。『クラスの地味な男子グループの中に、そういう子がいたな』くらいの認識で、提示されたビジネス婚も仕事としては破格の待遇だと思って引き受けたの。でも一緒に住み始めたら千秋くんとの距離が心地よくて、ストレスがなかった」

聞けば彼女は当初一〇〇億円の資産にピンときていなかったものの、この家に引っ越してきて広さに愕然としたらしい。

その後、新堂がプレゼントした服や小物の値段に驚き、上流階級の生活を目の当たりにして、すっかり腰が引けてしまったそうだ。それでも交流を深めていくうち、少しずつ心惹かれるようになったと言われ、新堂は食い気味に問いかける。

「それってもしかして、芹香が俺を好きってこと？」

「う、うん」

「何で言ってくれなかったんだ。俺はてっきり、芹香が妻としての義務で身体の関係に応じてるかと考えてたのに」

すると芹香がじわりと頬を染め、歯切れ悪く答えた。

「その気のない人に誘われたら、わたしははっきり断るよ。あのときは既に千秋くんのことが好きになってて、でも自分の中の気持ちは悟られちゃいけないって思ってた」

「どうして……」

「わたしたちは〝ビジネス〟で結婚して、そこに恋愛感情はないはずだから」

新堂は虚を衝《つ》かれ、黙り込む。

確かに自分たちは恋愛から発展した関係ではなく、互いの利益のために結婚した。最低でも二年間夫婦として振る舞い、そのあいだ会社の役員報酬と秘書としての給与、そして生活費を新堂が支払うという契約書を事前に交わしている。芹香が言葉を続けた。

「千秋くんが再会したばかりのわたしにビジネス婚を持ちかけたのは、自分の財産と容姿目当てで近づいてくる女の人たちに辟易していたからだよね？　わたしを結婚相手に選んだのはあなたに恋愛感情を抱いていないからで、それなのに好きになっているのを知ったら、幻滅されると思った。だから精一杯、義務で身体の関係に応じてるふりをしてたの」

彼女が「でも」とつぶやき、切実な瞳で新堂を見る。

「本当は一日でも長くこの生活が続いてほしい気持ちと、想いに応えてくれずに中途半端に優しくされるくらいなら別れたいっていう気持ちの間で、心が揺れていた。そんなとき元カノだっていう小田嶋さんが現れて、話し合いの場から外されて——嫉妬で苦しくなって『もう駄目だ』って思ったの。わたしはこの先二年近く気持ちを封じ込めておくことなんてできないし、自分の想いに応えない千秋くんにいずれ八つ当たりしてしまう。だったらもう離れようって決断して、ここに戻ってきた」

新堂は「ちょっと待って」と言い、芹香に問いかける。

「芹香は他の男と連絡を取り合ってて、しかもその相手に告白されたんじゃないの？　このあいだ俺が問い詰めたときに怒ってたのは、『自分も元カノと会っててお互いさまなのに、うるさいこと言うな』っていう意味かと思ってたんだけど」

「その人は、前の会社の先輩なの。千秋くんと行った料亭で偶然会って、『接待で使う店に悩んでるから、相談に乗ってもらえないか』って言われて」

芹香は降谷というその男と飲みに行ったのは事実であること、その中で告白されて煙に巻くために飲み比べを提案し、相手を酔い潰したことを語った。

「それってもしかして、芹香が酔って帰ってきた夜？」

「うん。その人、前の会社のトップ営業マンなんだけど、リストラに遭ったはずのわたしがお金のかかった恰好をしてたのに驚いたみたい。『今の平木なら連れ歩いてもいい』とか言ってきて、ああ、この人は女の人をトロフィーみたいに考えてるんだなって思ったら、自分とは合わないと感じた」

芹香は降谷をタクシーに乗せたときにこのレジデンスのカードキーを落としてしまった

こと、それを返してもらうためにどうしても彼と会わなくてはならなかったことを説明し、新堂に向かって頭を下げてきた。

「ここのカードキーを失くしたのはあってはならないことだし、自分の無責任さを千秋くんに知られたくない一心で、怪しい行動をしちゃったの。でもカードキーは返してもらえたから、降谷さんには二度と会うつもりはない。わたしが結婚してることも、気持ちに応えられないこともはっきり伝えてあるから……今までちゃんと説明しなくて、本当にごめんなさい」

彼女の言葉を聞いた新堂は、自分の心配が杞憂《きゆう》だったと知って心からホッとしていた。芹香が家を出ていたこの二日余り、「もしかしたら他の男と一緒にいるのかもしれない」と考えてやきもきしていただけに、そうではなくて安堵している。

新堂は彼女を見つめ、口を開いた。

「君がその男と、何でもなくてよかった。場合によっては直接接触して、『俺の妻に近づくな』って圧をかけようと考えてたから」

「えっ？」

「改めて言うけど、俺は芹香が好きだ。君の仕事熱心なところや芯のある性格、きれいな顔や庶民的な感覚も、全部に心惹かれてる」

芹香の頬が、じわりと赤らんでいく。新堂は言葉を続けた。

「芹香は俺が与えるものをひとつも当たり前だと思ってなくて、必ずお礼を言う謙虚さがあるだろ。秘書の仕事にも一生懸命で、片手間にやるんじゃなく真剣に取り組んでるのが伝わってきて、その責任感を好ましく感じた。それにレセプションパーティーで絡んできたインフルエンサーの子たちに毅然として言い返すのを見たとき、『やっぱり好きだな』って思ったんだ。俺は君の、そういう意志がしっかりしてる部分に昔から強く惹かれてやまない」

「…………」

「一緒に暮らし始めてからも芹香の気配は邪魔に感じなかったし、作ってくれた料理も美味しかった。そうするうちにこの生活がずっと続けばいいっていう願望が芽生えてたけど、君と同様に俺も自分の気持ちを口に出して『離婚する』って言われるのが怖かったんだ。だから現状維持をしながら、何とか芹香を振り向かせるしかないと考えてた」

するとそれを聞いた彼女が、何ともいえない顔になってつぶやく。

「じゃあわたしたち、お互いに同じことを考えてたんだね」

「そうだな。君が男と連絡を取り合っていることを知っても、すぐに問い詰めることができなくてやきもきしてた」

「そんなの、わたしも一緒だよ。元交際相手が千秋くんに会いにきただけでも驚いたのに、その場にいることすら許されなくて、すごく惨めだった。『やっぱり形だけの妻だから、こういう扱いなんだ』って」

「違う。あのとき芹香に外に出てくれるように頼んだのは、俺がえみりに捨てられた過去を知られたくなかったからだ。要は恰好悪い自分を見せたくないがために君を遠ざけて、傷つけたんだ。本当にごめん、許してほしい」

新堂が深く頭を下げると、芹香が笑って「いいよ」と言う。

「確かに元彼女が突然現れたら、何の用件かわからずに『とりあえず二人だけで話をしよう』って思うのは当然だよね。だからもう怒ってない」

「……うん」

「それで、これからどうする？　わたしたちは対外的には〝夫婦〟だけど、実情は契約だったよね。期間限定の」

新堂が「それは」と言いかけるのを遮り、彼女が言葉を続けた。

「わたしとしては、あの契約は破棄してほしいと思ってる。最初こそ会社役員としての報酬と秘書給与につられて千秋くんの〝妻〟になったけど、今はお金は関係なしにあなたと一緒にいたい。それを証明するために、雇用関係をリセットするのはありかなって」

そうなれば芹香に金は入らなくなるものの、彼女はそれでも構わないという。新堂は笑って言った。

「芹香が俺の財産目当てで一緒にいるわけじゃないのはわかってる。だからリセットなんてしなくていいよ」

「でも」

「君は俺の秘書として仕事を一生懸命やってくれていたし、どこかに出掛けるたびにレポートを作成して、インプットとアウトプットを丁寧にこなしていた。それは充分対価に値するものだから、今後も秘書を続けてくれると助かる」

新堂は立ち上がり、テーブルを回り込んで芹香の隣に腰を下ろすと、彼女の手を握って告げる。

「その前に、改めてプロポーズさせてほしい。俺はこの先もずっと芹香と一緒に暮らしていきたいし、契約じゃない本当の夫婦になれたら幸せだと思う。確かに俺たちは生まれ育った環境や価値観は違うけど、この二ヵ月近く上手くやってきた。君との生活はストレスがなくて、どこに行っても楽しそうにしているところとか、おしとやかぶらずにモリモリ食べるところとか、さっぱりして明るい性格を見てると『可愛いな』って思う」

「……千秋くん」

「俺は女性に対して警戒心が強いから浮気の心配はないし、今持っている財産は芹香が好きに使ってくれて構わない。システムエンジニアとしてもそれなりに稼いでるから、総合的に見てかなり優良な物件だと思うんだけど、どうだろう」

それを聞いた芹香が、小さく噴き出して応える。

「千秋くんが最初にわたしに教えてくれた不動産投資のポイントは、〝数十年間運用しても収益を生み続けるであろう、間違いのないものを選ぶこと〟だっけ」

「うん」

「そういう観点で言ったら、千秋くんは確かに優良物件かもね。でもわたしはたとえ千秋くんが何かの拍子に一文無しになっても一緒にいたいし、それはそれで楽しいかなって思うよ。何しろわたしは雑草育ちだから、節約生活とか燃える性質なの」

意外なことを言われ、新堂は目を見開く。彼女が言葉を続けた。

「千秋くんの物静かなんだけど口数は少なくないところとか、クレバーさがわかる話し方とか、博識なところが好き。あと昔はわからなかったけど顔がすごく整ってたり、さりげない気遣いができたり、わたしの知識不足を馬鹿にしないところにも胸がきゅんとする」

「……芹香」

「改めてプロポーズをしてくれてありがとう。わたしも千秋くんとこの先も夫婦として、お互いの価値観のギャップを擦り合わせながら一緒に生きていきたいと思ってる。無理してどっちかに合わせるんじゃなくて、互いに少しずつ歩み寄れば、きっと毎日がすごく楽しいんじゃないかな。つまり、生まれ育った環境の違いをマイナスじゃなくプラスに考えるの」

笑顔でそんな提案をされ、新堂の胸がじわりと温かくなる。

「たとえ一文無しになっても一緒にいたい」と言われたのは、正直言って盲点だった。これまで自分の価値は家柄と財産、そして女受けのいい容姿だと思っていたが、芹香はそれがなくても構わないという。

もちろんその言葉は今この状況だから言えることで、実際にそんなふうになれば大変なのは間違いない。しかし彼女と一緒なら、きっと苦難を乗り越えられるという確信があった。

(芹香がこうやって、何でもあっけらかんと笑い飛ばしてくれたら――)

この先の人生は、楽しいに違いない。

そんな風に考えた新堂は笑い、芹香の左手を取ると、自身の口元に持っていきながら言った。

「結婚指輪、新しく買おうか。今嵌めているものは対外的なアピールのために事務的に買ったものだけど、今はあのときとはまったく違う気持ちだから新しいものが欲しい」

「気持ちはうれしいけど、それだとまたお金がかかっちゃうよ」

「何のための財産だと思ってるの？　俺は芹香に使う金は、まったく惜しくないよ」

さらりと告げた新堂は、「でも」と言葉を続けた。

「その前に確かめたいことがあるから、とりあえず指輪については明日以降でいいかな」

「確かめたいこと？」

「──抱きたい」

彼女がドキリとした顔で、言葉を詰まらせる。そしてこちらから視線をそらしつつ、モゴモゴと言った。

「でも、あの……まだ午前中で明るいし」

「芹香が俺のことを好きでいてくれるってわかったのに、夜までなんか待てないよ」

つかんだままだった腕をグイッと引き、芹香の身体を抱き寄せた新堂は、彼女の華奢な体形をつぶさに感じながら問いかける。

「駄目？」

「……っ、千秋くん、それ、わざとやってるでしょ」

「何が？」

「自分の顔面の威力がわかっててておねだりするの」

どこかムッとした様子の彼女を見つめ、新堂はニッコリ笑って答える。

「そりゃあ俺の数少ない取り柄なんだから、利用するしかないだろ。どうやら芹香にも効くみたいだから、安心したよ」

「…………」

「で、返事は？」

すると芹香がふいにこちらの襟首を強く引き寄せ、口づけてきた。そして吐息が触れる距離で新堂を見つめ、ささやく。

「――いいよ。わたしもしたいから」

彼女の瞳にはこちらに対する恋情がにじみ、それを見た新堂はゾクゾクする。

キスの続きをしたそうな芹香の頬を撫でたあと、顔を寄せて小さな耳朶を食むと、彼女が「んっ」と息を詰めた。舌先で形をなぞって耳孔を舐める動きに、芹香が首をすくめる。

「……ぁっ……」

濡れた音を立てながら耳を愛撫されるのは強烈らしく、彼女の呼吸が乱れていく。こちらのシャツをつかむ手に力がこもり、芹香が切れ切れに言った。

「……っ……千秋、くん……」

「ん？」

「や、耳ばっかり……っ」

彼女の顔はすっかり上気しており、目を潤ませたその様子に新堂はぐっと心をつかまれる。

耳から唇を離し、細い首筋をチロリと舐めた。芹香の柔らかな髪を鼻先に感じつつ愛撫を続け、片方の手で胸のふくらみに触れる。衣服の上から先端部分を爪で引っ掻くと彼女の身体がかすかに震え、その反応を感じた新堂は芹香に向かって告げた。

「――ここ、直に触ってほしかったら、芹香が自分で脱いで」

「えっ」

「できる？」

芹香が羞恥をにじませた表情で頷き、着ていたカットソーを頭から脱ぐ。

すると繊細なレースで縁取られたブラがあらわになり、きれいな胸の谷間やしなやかな身体の線が煽情的だった。窓から明るい光が差し込む午前の時間帯、リビングのソファでこんなことをしているのはひどく背徳感がある。

そんな中、彼女が後ろ手にホックを外してブラを取り去り、上半身裸の状態になった。新堂がその身体を強く引き寄せると、芹香が息をのんで小さく声を上げる。

「あ……っ」

胸のふくらみをつかみ、その先端に舌を這わせる。

眩しいほどに白い丸みは手のひらを押し返す弾力があって、乳暈は清楚な色をしていた。舌先でなぞった途端、すぐに芯を持った頂を音を立てて吸い上げる動きに、彼女が感じ入った吐息を漏らす。

「はぁっ……」

舐めて吸い上げ、ときおりやんわり歯を立てると、芹香がこちらの頭を抱え込んでくる。柔らかな感触に包み込まれるのが気持ちよく、新堂はそのまま胸への愛撫を続けた。両方の先端が唾液で濡れ光る様がひどく淫靡で、彼女の肌がじんわりと汗ばんでいくのがわかる。

視線を上げたところ、快楽に目を潤ませた芹香の眼差しに合い、ゾクリとした。胸から唇を離した新堂は、彼女の後頭部を引き寄せながら告げる。

「芹香、俺の口に舌を入れて」

「……っ」

舌先をチラリと見せながらそう言うと、じんわりと顔を赤らめた芹香がおずおずと顔を寄せ、こちらの唇を塞いでくる。

小さな舌が口腔に押し入ってきて、新堂はそれを舐め返した。ぬるぬると絡め、舌の側面をなぞったあと喉奥まで探ると、彼女が声を漏らす。

「ん……っ、ふっ、……は……っ」

反応のいちいちが素直で、それを目の当たりにした新堂は芹香への想いが急速に高まっていくのを感じた。

高校時代に仄かな恋愛感情を抱き、そのときは何も発展せずに終わった。だが九年経って偶然再会し、今は〝妻〟となってこうして目の前にいる。互いに同じ気持ちでいるのがまだ信じられず、もっと確かめたくてたまらなくなった新堂は、彼女のスカートをまくり上げてストッキングの中に手を入れた。

すると下着のクロッチ部分が既に熱くなっているのがわかり、キスを続けたまま布越しに割れ目をなぞる。

「ん……っ、ふ……っ」

こちらの腰を跨ぐ芹香の太ももがわななき、彼女の目が潤む。

それを見つめながらクロッチ部分を横にずらし、花弁に直に触れた瞬間、くちゅりと粘度のある音がした。花弁でゆるゆると指を行き来させつつ、新堂はときおり花芽をなぞる。

するとと蜜口がますます潤みを増して、芹香の腰が焦れたように動いた。彼女がキスを解き、声を漏らす。

「……ぁっ……千秋、くん……」

「すごいな、ここ。どんどん濡れてくる」

「何で焦らすの……？」

潤んだ瞳でそう問いかけられ、新堂は微笑んで答えた。

「芹香と気持ちが通じ合ったのがうれしくて、丁寧に抱きたいから」

それを聞いた芹香がぐっと唇を噛み、こちらのシャツに手を掛けながら言う。

「千秋くんばっかり余裕な顔して、狡い。これ、脱いで」

新堂のシャツのボタンに手を掛けた彼女が、すべて外す。そしてあらわになった上半身に手のひらで触れ、身を屈めてきた。

首筋に唇で触れ、鎖骨や肩、胸をキスでなぞる。芹香の髪と吐息をくすぐったく感じつつ彼女の頭を撫でると、ちゅっと音を立てて乳首に吸いつかれた。

「……っ」

温かく濡れた舌がぬるぬると這う感触に、肌が粟立《あわだ》つ。

そうしながらも芹香の手が新堂の股間に伸び、スラックス越しに性器に触れてきた。これ見よがしに舌先を出して胸を舐めながら、彼女が既に充実している昂りを擦ってささやく。

「口でしていい？」

「芹香、フェラはあんまり得意じゃないだろ。無理しなくていいよ」

「今はしたいの」

そう言って芹香がスラックスの前をくつろげ、すっかり昂った剛直を取り出す。

そして幹の部分をつかみ、先端を咥えてきて、口腔にのみ込まれた新堂は思わず息を詰めた。

「……っ」

明るいリビングの中、彼女が股間に顔を埋めて性器を咥えている様子は視覚的に強烈で、屹立が一気に硬度を増す。

ぬめる舌が幹を這い、吸い上げられる感触が心地よく、新堂は熱い息を吐いて考えた。

（このまま喉奥に出して俺のを飲ませたいし、芹香のきれいな顔に掛けて汚してみたい。……でも、それは今日じゃなくていい）

この先自分たちはずっと一緒なのだから、そうした機会はいくらでもあるはずだ。

そんなふうに考えながら芹香の髪に触れた新堂は、「もういいよ」と告げた。そして彼女の身体を上に引き寄せ、そのままソファの座面に仰向けに横たわる。

「ぁ、千秋くん……」

芹香の身体を自身の上に重なる形で乗せ、彼女のスカートをまくり上げてストッキングと下着を脱がせる。

そして弾力のある尻を両手でつかみ、硬く張り詰めた昂りを花弁に擦りつけるように動かすと、芹香が切れ切れに声を上げた。

「ぁっ……はっ……ん……っ」

溢れ出た愛液がぬちゅぬちゅと淫らな音を立て、屹立の幹の部分を濡らしていく。

濡れた花弁に挟み込まれるのが心地よく、しばらくその感触を堪能した新堂は、彼女の耳元で問いかけた。

「前に、『ピルを飲んでるから避妊具《ゴム》を着けなくても大丈夫』って言ってたけど、それって今も有効？」

「う、うん」

「ごめん。なるべく着けるつもりではいるけど、今は部屋まで取りに行く余裕がない」

そう言って剛直の切っ先を蜜口にあてがった新堂は、ぐぐっと腰を進める。

熱くぬかるんだ入り口に亀頭をめり込ませ、内部の圧を感じながら幹を埋めていくと、

芹香がこちらの首にしがみついてきた。

「うっ……んっ、……ぁ……っ」

彼女の体内に深く自身を沈めた新堂は、熱い息を吐く。

中はみっちりと狭く、内壁がビクビクと震えつつ締めつけてきて、すぐにでも達してしまいそうなほどの快感があった。薄い膜越しではない柔襞の感触は強烈で、芹香の身体を抱きしめながら律動を開始する。

「あっ、は……っ」

「芹香……」

自身の体重で根元まで受け入れながら突き上げられた彼女が、すぐに切羽詰まった声を上げる。

切っ先は子宮口まで届いており、そこを突くたびに隘路の締めつけがきつくなった。幹で中を余さず擦りながら、新堂は繰り返し楔を根元まで埋める。接合部が愛液でぬるぬるになり、行き来する動きが容易になって、互いの荒い息遣いがリビングに響いていた。

「あっ、千秋くん、おっきい……っ」

「芹香の中、狭くて気持ちいいよ。もっと激しくしていい？」

尻の丸みを両手でつかみ、より激しい律動を送り込むと、芹香の嬌声が高くなる。

やがて彼女が声を上げて達し、その衝撃をやり過ごして何とか射精を持ちこたえた新堂は、絶頂の余韻で不規則にわななく内部を堪能した。

「はぁっ……ぁっ……」

ぐったりとした彼女のこめかみにキスをし、その頭を肩口に抱き寄せつつ、何度も最奥を突き上げる。

腰が溶けるほど気持ちよく、気がつけば身体が汗ばんでいた。柔らかな臀部に両手の指をめり込ませ、新堂はこみ上げる衝動のまま奥で熱を放った。

「……あ……っ」

ドクドクと注ぎ込まれる精液に芹香が喘ぎ、内部が蠕動しながら搾《しぼ》り取るような動きをする。

それに煽られた新堂は腹筋を使って上体を起こし、彼女の身体をソファの座面に仰向けに横たえた。そして上から覆い被さり、芹香に深く口づける。

「うっ……ん、……は……っ」

熱を孕《はら》んだ吐息を交ぜ、まだ挿入ったままの肉杭を隘路で行き来させる。

すると中で放たれた白濁が攪拌《かくはん》されて、ぐちゅぐちゅと重い水音を立てた。何度か繰り返すうちに屹立が勢いを取り戻し、彼女がキスの合間に呼びかけてくる。

「ぁ……千秋、くん……っ」

「ごめん、全然収まらない。もう一回させて」

熱く舌を絡めつつ腰を動かし、再び律動で芹香を啼かせる。

接合部から溢れ出た精液が会陰を伝って滴る様が、ひどく淫靡だった。新堂は彼女の両膝をソファの座面に押しつけ、上から体重をかけて押し潰すように強い律動を送り込む。

「はぁっ……あ……っ……深い……っ……」

涙目の訴えを聞いた新堂は、芹香の汗ばんだ額にキスをして吐息交じりの声でささやいた。

「奥、気持ちいいだろ。当たるたびにビクビクしてる……」

「あっ、あっ」

芹香の汗ばんだ肌、潤んだ瞳、切羽詰まった喘ぎや締めつける動きも何もかも、激しく欲情を煽る。

これまでの手探りの関係とは違い、互いが同じくらいに想っているのがわかった今は、行為の快感が段違いだった。もっと欲しい、貪り尽くしたい。そんな凶暴なまでの願望がこみ上げるものの、やがて限界がきて彼女に問いかける。

「……っ、そろそろ達っていい？」

芹香が息を乱しつつ頷き、新堂は一気に律動を速める。

「あっ！　ぅっ……んっ……ぁ……っ！」

彼女が背をしならせて達し、中がビクビクと不規則にわななく。

それに強烈な射精感を刺激された新堂は、自身を深々と埋めて熱を放った。

「……っ」

「はぁっ……」

蠕動する襞に心地よさをおぼえながら、新堂はすべてを吐き出す。

上気した顔で息を乱した芹香が緩慢な視線を向け、こちらの首に腕を掛けて言った。

「……キス、したい……」

「――……」

引き寄せられるがままに身を屈めた新堂は、彼女の唇を塞ぐ。

快楽の余韻を分け合うキスは言葉にし尽くせないほど甘く、ゆるゆると舌を絡めて唇を離したあと、間近で視線を合わせて問いかけた。

「結構激しくしちゃったけど、どこか痛いところは？」

「大丈夫だけど……ソファが」

「革製だから、拭けば大丈夫だよ」

それを聞いた芹香がホッとしたような表情になり、新堂はいとおしさをおぼえる。

彼女の中は二度の射精でぬるぬるになっていて、少し動かすだけで重い水音を立てた。ぬめる内襞に快感をおぼえた途端、隘路に埋まったままの性器がピクリと反応し、それを感じ取った芹香がかあっと顔を赤らめて言う。

「ちょっと、元気すぎじゃない？　二回もしたのに……っ」

「芹香の中が悦《よ》すぎるから、仕方ないだろ」

「い、一旦落ち着こう。まだ昼間だし、シャワーを浴びたいし。ね？」

慌てた顔を見た新堂は噴き出し、彼女の体内から自身を引き抜きながら告げた。

「冗談だよ。さすがに盛《さか》りすぎな自覚はある」

ティッシュで簡単な後始末をしたあと、芹香が衣服を身に着ける。そしてこちらを見つめ、「あの」と切り出してきた。

「結婚生活を継続するってことは、わたしはこの先も千秋くんの〝妻〟なんだよね」

「うん」

「わたし、千秋くんに恥をかかせないように頑張るから。本当は贅沢な暮らしにはまだ腰が引けてるところもあるけど、少しずつアップデートしていくつもりだし、千秋くんの隣にいるのにふさわしい振る舞いができるように努力する」

意気込んだ様子でそう言った彼女が、言葉を続ける。

「だから、これからも一緒にいてくれる？」

それを聞いた新堂は面映ゆさをおぼえ、クスリと笑うと、彼女の乱れた髪を撫でて言った。

「――芹香はそのまんまでいいよ」

「えっ？」

「今でも充分努力してくれてるし、良識ある振る舞いができてる。そんなに気負わず、自然体で行こう。俺たちはこれからずっと夫婦なんだから」

芹香が意外なことを言われたように眉を上げ、やがてふっと肩の力を抜く。

彼女は新堂が愛してやまない明るい笑顔になり、楽しそうな表情で言った。

「――そうだね」

＊　＊　＊

十月も半ばを過ぎると日中の気温は二十二度前後と過ごしやすくなり、往来に植えられたイチョウの木が色を淡くし始めている。

その日、芹香はフィリピンのデベロッパーからの電話応対をしていた。フィリピンは外国人による土地の所有が認められておらず、日本人による投資対象は新築のコンドミニアムやタウンハウスといった集合住宅に限られている。

東南アジアの中でも経済成長が著しく、インカムゲインとキャピタルゲインの期待が大きいため、元々新堂の父親が所有していた高級賃貸物件は順調に利益を出していた。

何とか英語でのやり取りを終えた芹香は、電話を切ってホッと息をついた。新堂と結婚し、秘書として資産管理会社の業務に携わるようになって二ヵ月半が経つが、最近は少しずつ英語の専門用語が理解できるようになってきた気がする。

(何だかんだ言って、千秋くんと本当の夫婦になったのが信じられないな。最初は仕事感覚で引き受けたことだったのに)

新堂と話し合い、互いに同じ想いでいるのを知って、契約ではない本当の夫婦になろうと決めたのは半月前の話だ。

そのきっかけとなったのは彼の従妹で元交際相手である小田嶋えみりの訪問だったが、新堂は彼女をはっきりと拒絶してくれた。聞けばえみりはベンチャーキャピタルの社長の小田嶋と結婚したものの、度重なる浪費と不貞がばれ、離婚を迫られていたらしい。

お嬢さま育ちで我慢が利かない彼女は、父親の莫大な遺産を相続した新堂に目をつけ、夫との離婚後によりを戻そうと考えて接触してきたようだ。

しかしそれは失敗し、えみりは行き場がなくなってしまった。贅沢な暮らしと社長夫人の肩書を諦めきれない彼女は、何とか小田嶋の機嫌を取ろうとしたものの、弁護士を通じて「離婚に応じなければ裁判も辞さない」という通告を受け、事が大きくなるのを避けたい父親の克明からの説得で渋々離婚届に判を捺《お》したようだ。

そうした顚末は社交の場で噂になっているものの、可憐な見た目に反して肝が太い彼女は、次なるターゲットを探して精力的に活動しているらしい。

その後、芹香は都内の飲食店で偶然えみりを見かけたことがあるが、目が合った瞬間にムッと眉をひそめられ、あからさまに顔を背けられて苦笑いしてしまった。

（あのときわたしが言い返したの、そんなにムカついたのかな。千秋くんは「たとえ親族の集まりで会うことがあっても、えみりと個人的には話す気はない」って言ってたし、彼を完全に諦めてくれたならいいけど）

一方、えみりの父親である新堂克明はあれから数回連絡を寄越してきたものの、新堂は顧問弁護士に対応を丸投げしたらしい。

克明の主張は「お前は会社の次期ＣＥＯを決める際に叔父である自分を推挙せず、無断で父親から相続した自社株を専務に売却した」「その詫びとして、自分たち一家を会社の役員にしろ。アドバイザーとして経営に関わってやる」というものだったが、いずれも正当性のない要求だとして弁護士ににべもなく却下されたという。

新堂がその背景を説明してくれた。

「叔父さんの会社、死んだ祖父さんが有能な側近を何人かつけてたから今まで何とかやってこれてたけど、その人たちが他社の取締役の就任要請を受けたり、体調の問題があって軒並み退職するそうなんだ。その結果、会社の経営方針がぶれてまずい状況だって」

どうやら克明は自身が代表取締役から降ろされる危機感から新堂の財産に目をつけ、上手く丸め込んで資産管理会社を私物化しようと目論んだようだ。

それを聞いた芹香は、「よく似た親子だ」と考えた。

(叔父さんも小田嶋さんも、千秋くんを自分たちの思いどおりにできると考えるなんて、きっとナチュラルに他人のことを見下してるんだろうな。だからこそ、いざ反発されたら逆切れしてる)

彼らの要求は何ら正当性がないため、これ以上しつこくするなら法的措置を取ると弁護士が通告したらしい。

上流階級の人間は外聞を重視することから、克明は渋々矛を収めざるを得なくなり、新堂は「おそらくこれ以上の接触はないだろう」と言っていた。しかし用心のために引っ越しすることを提案され、芹香は悩んでいる。

（千秋くんのことだから、また引っ越しをするとなったらものすごい高級物件を選ぶんだろうな。そうすると莫大なお金がかかるし、何だか腰が引ける）

とはいえ結婚生活を継続することを確認してから改めて彼の経済状況を説明されたが、新堂はフリーランスのシステムエンジニアとしてかなり評価されており、年収は二千万を軽く超えているらしい。

というのも、新堂は元々金融業界の情報システム設計や開発、運用を行う企業であるSIer《エスアイヤー》で働いており、通常のシステムエンジニアよりはるかに高い給料をもらっていたそうだ。

独立してフリーランスになってからは所得が二倍以上に増えたため、父親からの遺産相続と株や不動産投資の運用益も併せれば途方もない金額が収入としてあるという。

つまりどんな高級物件に引っ越しても経済的にまったく問題ないが、芹香の貧乏性がそれにストップをかけていた。

（いくら千秋くんがお金持ちでも、湯水のごとくお金を使うのにはまだ慣れない。今の段階でも、充分すぎるほど贅沢をしてるわけだし）

そんな新堂だが、最近は芹香の価値観に合わせてB級グルメや庶民的なデートにつきあってくれるようになった。

資産家の家柄のために昔からごく当たり前に贅沢な暮らしをしてきたという彼だが、芹香が連れていく庶民的な居酒屋やスポーツセンターで汗を流すといったチープなデートに、嫌な顔ひとつせず同行してくれる。

無理をしている雰囲気は微塵もなく、心から楽しんでいるのが伝わってきて、芹香は新堂と同じ目線で物が見られることに幸せを感じた。〝夫〟としての彼はひどく甘く、積極的に愛情表現をしてくれるが、元同級生ということもあって友人としてのスタンスでも話ができるのが楽しいと思う。

（さて、明日はいよいよフランスだ。海外に行くのは初めてだから、楽しみだな）

旅行だとはいえ、実際は物件視察がメインだ。

フランスの銀行は外国人の不動産投資に対して融資をしない方針で、日本人が投資を行う場合は現金購入が原則となるものの、逆を言えば金利やクレジット上昇の影響を受けないため、物件価格が低迷している現在が買い時らしい。

今回は一週間と長めの滞在となる予定で、芹香は改めて視察する物件の周辺施設のリサーチ資料を見返した。するとしばらくして、外から新堂が帰ってくる。

「ただいま」

「おかえり。あのね、今フランスの検討物件まで行くルートを確認してたんだけど……」

「芹香、ちょっといいかな」

突然改まった口調でそう言われ、芹香は「何？」と問いかける。すると彼がおもむろに目の前に跪《ひざまず》き、手のひらサイズの赤い小箱を開けて告げた。

「左手を出して」

「千秋くん、これ……」

小箱の中にあるのは、ピンクゴールドの土台にブリリアントカットのダイヤモンドを贅沢に散りばめた指輪で、一目でハイブランドのものだとわかる品だ。

新堂がそれを取り出しながら言った。

「芹香と契約じゃない本当の夫婦になってから、すぐに注文してたんだ。前に買ったのは結婚している事実を対外的にアピールするためのものだったけど、これは俺が君と一生添い遂げていく想いを込めて買った」

確かにあのとき新堂は「新しい結婚指輪を買おう」と提案してきたが、その話は自然と流れたのだと思っていた。彼がこちらの左手の薬指に指輪を嵌め、微笑んで告げる。

「――愛してる。芹香と出会えたことは、俺にとって人生で一番の僥倖だ。この先もずっと一緒にいてくれる？」

「千秋くん……」

思いがけないプロポーズに、芹香の目がじわりと潤む。

新堂との再会は偶然で、最初は新しい就職先を見つけた感覚のビジネス婚だった。しかし一緒に暮らすうちに彼の人柄に触れ、心惹かれて、今こうして本当の意味で夫婦になれている。

それが言葉にできないほど幸せで、芹香はしみじみと言った。

「ありがとう。こんなふうに再プロポーズしてもらえると思ってなかったから、すごくうれしい」

「実は明日から行くパリでは、ロマンチックな教会の予約をしてるんだ。ウェディングドレスの手配も済んでるから、二人きりで式を挙げよう」

まさかそんなサプライズを用意してくれていたとは思わず、驚いた芹香の目から涙がポロリと零れ落ちる。

ビジネス婚から本当の夫婦になれたことがうれしく、それ以上特別なことは何も望んでいなかった。ただ仲よく暮らしていけたら幸せだと考えていたのに、新たな指輪を用意してくれたばかりか結婚式まで手配してくれ、うれしさがじわじわとこみ上げる。

感極まった芹香は目の前の新堂に抱きつき、泣きながら訴えた。

「もう、そういうの狡いよ。わたしは何も考えてなかったのに……っ」

「奥さんになってくれた芹香に、俺からのプレゼントだ。今回だけじゃなく人生の節目でいろいろ考えていくから、楽しみにしてて」

こちらの身体を抱き留めて頭を撫でながらそんなことを言われ、芹香の心に彼への想いがこれ以上ないほど溢れる。

こんなふうに常に気遣ってくれる新堂が夫でいてくれるなら、自分のこの先の人生はきっと幸せに違いない。鷹揚で愛情表現を惜しまない彼はいつもさらりと芹香を甘やかしてくれ、そんな態度に深い安堵をおぼえる。

（わたしが感じているのと同じくらい、この人を幸せにしてあげたい。――だってわたしたちは、一生を共にする〝夫婦〟なんだから）

そんなふうに考えつつ、芹香は愛してやまない彼に自ら唇を寄せる。

そしてこの上なく甘いキスに耽溺《たんでき》しながら、教会で挙げる二人きりの結婚式に胸を躍らせた。

あとがき

こんにちは、もしくは初めまして。西條六花《さいじょうりっか》です。

ヴァニラ文庫で五冊目となるこの作品は、高校時代に陰キャだった御曹司ヒーローとリストラに遭ったヒロインが大人になって再会し、突然契約結婚を持ちかけられて——というストーリーです。

ヒロインの芹香はさっぱりした性格で、ポンポン言い返すのでとても書きやすいキャラでした。

ヒーローの新堂は大きなグループ会社の御曹司、でも会社の経営にはタッチせずシステムエンジニアとして働いている人で、亡くなった父親から莫大な財産を相続しています。

毎度のことながらお金持ち描写が難しく、セレブ雑誌を眺めながらの執筆となりました。載っているアイテムのひとつひとつ、お店のクオリティ、ジュエリーなどわたしの価値観とは大きく乖離《かいり》していて、すごい世界があるのだなと感心してしまいました。

そうしたカルチャーショックな感覚が、ヒロインの芹香のキャラクターに上手く反映できていたらいいなと思います。この作品のラストのあと、二人はパリで挙式をして、夫婦として仲よくやっていくのだろうなと想像しています。

新堂はお金持ちらしく大らかな性格ですし、在宅ワークなので、子育ても自然に参加してくれそうですね。そのうち会いにやって来た芹香の母親がびっくりするようなおもてなしをしたり、義両親に豪華客船の世界一周旅行をさらっとプレゼントしたりと、文句のつけようのない素晴らしいお婿さんになりそうです。

今回のイラストは、赤羽《あかばね》チカさまにお願いいたしました。クールで恰好いい新堂ときれいでバリキャリ風な芹香、素敵に描いていただけてうれしいです。

この作品が刊行されるのは、年末ですね。来年もいろいろな作品を世に出していけたらと思っておりますので、もしどこかで見かけたときはどうぞよろしくお願いいたします。

またどこかでお会いできることを願って。

原稿大募集

ヴァニラ文庫ミエルでは乙女のための官能ロマンス小説を募集しております。
優秀な作品は当社より文庫として刊行いたします。
また、将来性のある方には編集者が担当につき、個別に指導いたします。

◆募集作品

男女の性描写のあるオリジナルロマンス小説（二次創作は不可）。
商業未発表であれば、同人誌・Web 上で発表済みの作品でも応募可能です。

◆応募資格

年齢性別プロアマ問いません。

◆応募要項

・パソコンもしくはワープロ機器を使用した原稿に限ります。
・原稿は A4 判の用紙を横にして、縦書きで 40 字 ×34 行で 110 枚 ~130 枚。
・用紙の 1 枚目に以下の項目を記入してください。
①作品名（ふりがな）/②作家名（ふりがな）/③本名（ふりがな）/
④年齢職業 /⑤連絡先（郵便番号・住所・電話番号）/⑥メールアドレス /
⑦略歴（他紙応募歴等）/⑧サイト URL（なければ省略）
・用紙の 2 枚目に 800 字程度のあらすじを付けてください。
・プリントアウトした作品原稿には必ず通し番号を入れ、右上をクリップなどで綴じてください。

注意事項

・お送りいただいた原稿は返却いたしません。あらかじめご了承ください。
・応募方法は必ず印刷されたものをお送りください。CD-R などのデータのみの応募はお断りいたします。
・採用された方のみ担当者よりご連絡いたします。選考経過・審査結果についてのお問い合わせには応じられませんのでご了承ください。

◆応募先

〒100-0004　東京都千代田区大手町 1-5-1　大手町ファーストスクエアイーストタワー
株式会社ハーパーコリンズ・ジャパン　「ヴァニラ文庫作品募集」係

わたしたち、契約夫婦ですが毎晩愛し合っています!?

～御曹司の甘い策略婚～

Vanilla文庫 Miel

2025年1月5日　第1刷発行　　定価はカバーに表示してあります

著　作　西條六花　©RIKKA SAIJO 2025
装　画　赤羽チカ
発行人　鈴木幸辰
発行所　株式会社ハーパーコリンズ・ジャパン
東京都千代田区大手町1-5-1
電話　04-2951-2000（営業）
0570-008091（読者サービス係）

印刷・製本　中央精版印刷株式会社

Printed in Japan ©K.K.HarperCollins Japan 2025 ISBN978-4-596-71747-4